老靈魂筆記

陳克華

目次

輯四　同志

輯五　切片

輯六　花蓮

【代序】

我不是陳克華

陳克華

一直不認為自己是所謂「藝文界」人士，雖然自心明瞭，我的天賦興趣全在於舞文弄墨，琴棋書畫上，是典型的所謂「右半大腦發達」型。還記得大學時代一連得了幾項文學大獎，算是半敲開了文壇大門，一回哥哥為了出國進修的事去算紫微，回來嘖嘖稱奇，因那算命師竟然算出他有個弟弟是「文昌文曲」，是天生要拿筆的，「而且和文字有關的事他都在行，很容易得獎……」

轉眼之間，我竟已在眼科執業（眼角膜專科）廿五年，文學與醫學倒也相安無事，果然如成語所說，兩者只是「情婦與妻子」的關係嗎？（妻子為生活所需，情婦為生命所需），這期間，許多文壇前輩和友人也紛紛成為我的病人。或許杏林裡身兼兩種身分者並不多見，物以稀為貴，每每出席讀者在場的場合，醫生詩人的角色兩難便往往會是必然的話題：

詩人真的不適合行醫嗎？（看似如此，但無先例可供驗證），握手術刀的手不宜握筆？（而反之亦然？）——站在白色巨塔裡來看，醫學是理性實證的科學（？），是苦幹實幹（？），是無比的細心耐心愛心（？），是大慈大悲（？）——哪一點是一個「以自我為中心，情緒與情感掛帥，想像力和感性過度臃腫，而自制力與服從性相對萎縮」的「詩人」所能做得到的？

白色巨塔內真的有許多人是這樣想的。我雖從不諱言自己來自醫師家庭，學醫自有家庭因素，但真格個性裡沒有一個面向是「適合」醫生的？又，真的有「醫生人格」這回事？在我看來，這只侷限了醫業內容的豐富與多樣。也許是被問多問煩了，便也發展出一套制式的答案，一律是：我將自己保守傳統的一面全塞在白色巨塔裡，離經叛道的一塊則祕密保留在詩裡——彷彿是個人格分裂的精神病患似的。

而我竟也一直滿意於這個答案，直到年近半百，「知天命」的召喚逐年逼近，不禁自問：真的是這樣麼？我「真的」「不適合」當醫生嗎？當初為何沒在狂狷年少的醫學院裡丟下醫學改走藝術這條路？或者更深入地問：文學與醫學果真水火不容？有沒有兩者可能相輔相成，或說其實是一個完整人格的兩個切面？

剛過完五十生日的我，明白所有的這些問題，惟有親身走過，才能得到回答。

記得當年剛從軍中退伍的我，懷著一顆忐忑的心，踏進目前我所服務的教學醫院當住院醫師，儘管兢兢業業，但我的「藝文」標籤卻在白色巨塔裡，為我帶來始料未及的「負面形象」——從踏入眼科的第一天起，「那個會寫『台北的天空』的醫生」的稱謂，便一直深深困擾我，引發無比的自卑，深怕自己就是個現成的笑話，同儕間茶餘飯後的談資，因為我不必端出詩人的敏感，也能聽出「文藝醫師」這稱謂的隱臺詞，是毫不留情的「不務正業」四個字。更有惡毒的玩笑話：醫生啊，你在幫我眼睛開刀時突然想到一首詩，那怎麼辦？

原來什麼叫做「專業」，醫界自有一套不容動搖的、堪稱奇異的標準——好賭、嗜酒、收紅包乃至性騷擾病患的醫生，其名聲及專業形象可以絲毫不損，但一個下班後關起門來寫詩的醫生，其醫術和醫德便著實可疑。

有很長一段時間，我在診間裡面對病患的發問：「你就是……那個……寫詩的陳克華？」我頭也不抬一概否認，好像我在我的門診區結了一個界，藝文的牛鬼蛇神，一概不得侵入。

「你不是麼？我知道他也是眼科醫生……」病人繼續追問。

「我們是同行……」我繼續賴。

「你真的不是麼？我在書上看過他的照片……」病人還不死心。

「我和陳克華長得還滿像的……」我抵死不承認。

不為什麼，因為在白色巨塔裡，寫詩實在「無用」，也不夠「陽剛」，更符合莎翁說的：「一位歷史上的詩人或許遙遙看來清高風雅，但如果他住在你家隔壁，那他就只是個笑話。」我第一次在《雅舍小品》裡讀到梁實秋引用這句話，竟陡地面紅心跳，以為說的正是自己。

而我竟已行醫逾廿五年。醫生和詩人兩個看似絕不相容的角色，也就在我的日常共存了這些時日。套句手邊一本氣功教材裡的概念，如果真有所謂「人生功課」這回事，那我的作業題目必然是：「大腦及人生不同面向的整合」（Integration of dimensions in brain and life）——五十而知天命，我隱隱聽見遙遙生命的鼓聲逐日逼近。詩人那永遠赤子般桀驁不馴的詩心，在現實醫學的煩勞悲苦中，看盡老病帶來的生離死別及人生的諸多不圓滿之後，究竟產生怎樣的質變或量變？如果真有隨歲月而增長的智慧，於我那會是什麼？

二〇〇八年有機會至美西參加了一個醫學院師資培育工作坊，名稱很吸引我，叫「療癒者的藝術」（Healer's Art），內容卻和藝術不大有關，倒和榮格的分析心理學和馬斯洛的人本心理學相近。第一天第一堂課我便被問及什麼是我在醫學生涯裡失去的完整性（wholeness）？所有學生（事實上是各醫學院的老師）被要求在一張白紙上，用蠟筆畫出自己的「失去」與「欠缺」，然後以一個字為之命名。我在毫無思索的瞬間提筆，赫然寫下一個百思不解的「一」（Oneness）字。

回台後幾次拿出那張圖畫尋思，隱約明白那個「一」，於我正是文學與醫學的融合，一如大腦兩個半球的無間協調運作，方能實現完整的自我（self-actualization）。一時間如醍醐灌頂，深嘆人生機緣之不可思議。

最近勤讀佛經，讀到發四無量心時，也才發現「慈」與「捨」竟是常被醫學教育提起的「同理心」（empathetic understanding）的本懷，而「悲」和「喜」則可藉由文學藝術的教化涵泳而得以發揚，文學與藝術兩者，恰恰圓滿了四心的修行。我想起多年來遠在花蓮行醫的父親，診所裡隨時擠滿了笑語喧騰如親友般的病人，以及美不勝收的自栽蘭花和在地收集的各類雅石，人情與景物俱美，——而這，不正是「四無量心」的圓滿修行之路？而我何其幸運又何其曚昧，蒙命運之神的寵眷，一直走在這幸福裡多年毫不自知。

「醫生啊，」細隙炡對面的榮民伯伯在我檢查完他的眼睛之後，仰天嘆了一句：「我都快看不見台北的天空了……」

我微笑以對。

「可是，」他在走出我的診間之前，卻回頭看我，意味深長地補了一句：「不過，我還可以讀詩喔……。」

突然，電光石火，我領悟到文學讓我做到了別的醫生所做不到的——我瞥見了病人和我共同瞥見的，浩瀚銀河裡的一絲祕密星光。

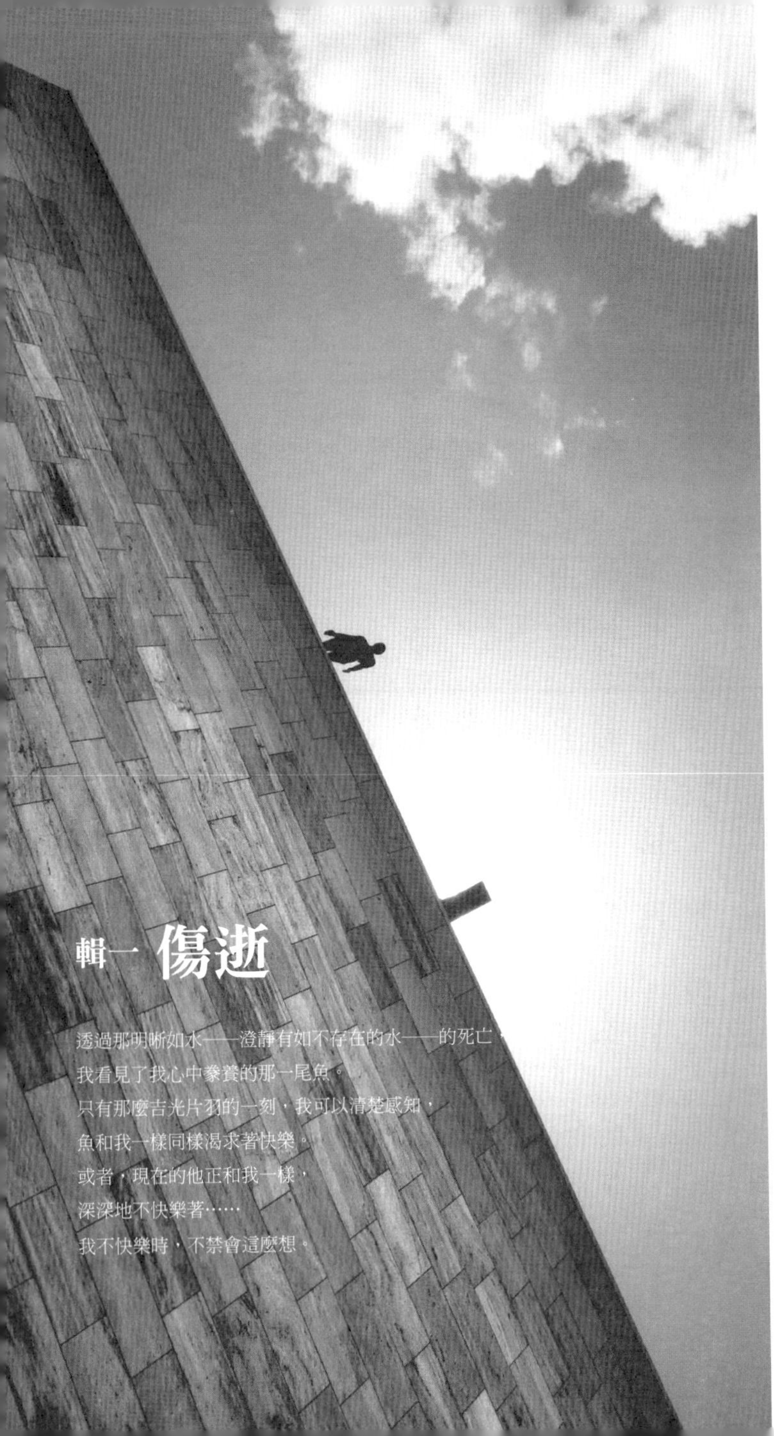

輯一 傷逝

透過那明晰如水——澄靜有如不存在的水——的死亡，
我看見了我心中豢養的那一尾魚。
只有那麼吉光片羽的一刻，我可以清楚感知，
魚和我一樣同樣渴求著快樂。
或者，現在的他正和我一樣，
深深地不快樂著……
我不快樂時，不禁會這麼想。

逝者

我們將空白牆上掛滿了照片。

我們美其名：只有當一張照片成為一種精神時，才有資格被掛在牆上。

殊不知在快門按下的那一剎那，被攝物便已是死了，過去了，不再了。

於是滿牆皆是逝者。死者的照片，或說死亡掛滿了人間所有的牆。

但我們渾然不覺，稱他們為藝術，技術，美術。

渾然不覺，這一切之作為死亡之對抗。人類的一切作為。

不淨之光

一但生命失去了，肉體也就失去了他的美麗。這轉變可以只在霎時。

而那時，你當還要繼續看著我。

我的皮膚底下有蟲和菌子開始滋生。速度之快，說明了生命原是多麼驚險的存在。

我很快便醜掉了。

像瓶裡凋謝掉的花，洩出腐臭的屍水。

求求你不要轉移開你的目光。絲毫不要。
我要你看著並一如以往地愛著我。
並感受著你對我的愛一點一點地轉變。
我的身體還是我嗎？如是不是，那什麼是？
究竟你愛過的是什麼？
我再過不了多久就要化為分子、原子，或更微小的粒子。回到這世界，這宇宙。
這少了我依然運轉不息，毫髮未損的宇宙。
你將不再感受我，只能回憶，但再過不久連回憶也靠不住了，一切煙消雲散。人的大腦是最不精確的儀器了。
宇宙的熵值因此又提升了一點點。
但此刻，我要你看到從我泛黑屍體裸露出來的白骨。

像在極幽深的海底發出的沉船裡的磷光。
像在北極天空最黑的夜裡飄浮的幾抹極光。瞬時閃逝。
我，我們曾經的存在就像極光。
被我，我們俗世的眼裡的視網膜所清晰覺察，頑強愛戀。

傷逝

不知從何時起，在我上班途中注意起，她這樣一家修改衣服的小店。極力回想，已經不再記得確切日期，但總該也有好幾年了罷。

單身至四十五前的我，衣櫥裡會有什麼衣服好改的？舊了破了不喜歡了的衣服，一律只是，丟了便是。

而光顧起她的店，卻是因為人到中年必然的宿命：胖。

四十五之後，三不五時抱著一袋不合身的衣物往她店裡跑，或是因應腰圍的改變而添購的褲子需收褲腳，或是被一身肥肉撐掉的扭扣需縫補，竟也成了一種習慣。

店大小僅容旋身，經常收音機開得價響，四壁吊滿待改或已改好的衣物，沒有空調，空氣十分沉悶，偏一整個下午這店面又都西曬。很顯然，這裡的租金必定不高。

她長得一張寬寬的燒餅臉，四十來歲，水桶腰，直髮粗嗓門，總是在聽完我一一的囑咐之後，大聲回答：「沒有問題，一個禮拜後來拿，手機留一下，陳先生？」

然而，她從來一次也沒打過。

通常都是我在下班途中，偶爾想起，便踅進她的店裡，見她從那堆滿衣服的縫紉機裡抬起頭來，滿臉堆起抱歉底笑：「對不起，再給我兩天。」

偶爾會在店裡遇見她讀小學的兒子。很被她兒子黏媽媽的程度驚嚇，因為可以清楚感受到她兒子臉上，那炯炯的對上門顧客的敵意。而聽她們母子倆對話，又是平淡見真情的那種叨絮。

四、五個禮拜前因為感覺天氣明顯暖了，決定收拾起冬衣，卻發現一件平時上班穿的套頭V領羊毛罩衫，赫然只在一個冬天之後，兩肘磨出了個大洞。

我央她為我找兩塊布料補上，她也說沒問題，反正店裡的碎餘布料多的是。

之後，我有幾日上班途中經過，卻發現她店門是鎖著的，窗子拉起了布帘，我想是為了防西曬的緣故。

一日經過，見她又出現了，連忙進去逮人取衣，不料她又滿臉堆起抱歉的笑容：「對不起，再給我兩天。」

之後，我便大約完全忘了有這回事。

出國開會一趟回來，又埋首工作兩個禮拜。一日下班經過，看見兩個陌生中年男子在她的店中，正在拆卸那張遮陽的布帘。我一時間只閃過一個念頭：她的店是要收了嗎？為何從沒聽她說起？

而竟沒有想起我還有一件羊毛衫在她店裡。

又約莫過了幾天，一日下班已過九點，卻見她店裡頭燈還是亮的，心中訝異：平時她是從不開到這麼晚的！走進去，只見原先掛滿的衣物少了近一半，一位面目陌生看來約莫卅來歲的女子正在低頭整理著衣物。

「……她呢？」我問，甚至不知道她姓什麼。

這位女子似乎知道我指的是誰，淡淡地說：「她死了。我是她弟媳。」

什麼？她大約是見我一臉不能置信的表情，又補充了一句：「是血癌，從發現到死，才十天，真難相信……」

我一時間像頭被狠狠敲了一記，也不知該說什麼，只喃喃道：「不知道……有沒有……我的衣服還留在這裡？」

「什麼樣的衣服？」她一本正經問。

也經過她這一問，我才驀然想起我那件羊毛衫，連忙描述了一遍。她也一臉欣喜：「太好了，我也正煩腦著這些衣服該怎麼處理……有寫下電話的早就都打電話通知來取回了……這些剩下來的都是沒留電話的……」

她仔細四處翻找了一回，果然找到了，我仔細一看，那兩處手肘破洞處已經補好了，用的是塊橢圓淡灰、和羊毛衫幾乎同樣顏色的尼龍布補上的，車工十分精細，不仔細看還真看不出來。

我慌忙塞了兩佰塊給她，就連忙抱著衣服回家了。

我想起了她那黏人的兒子，她的血癌，她的猝死。

一時間生命的短促無常感湧上心頭，就像至今還在她店裡懸吊著的，那些無主的衣服，在夜裡的燈光下顯得那樣無言、灰敗、黯淡——我撫著羊毛衫袖子上補過的痕跡，想著明年冬天，我上班也一定還要穿著它。

死亡如水

透過那明晰如水——澄靜得有如不存在的水——的死亡，我看見了我心中豢養的那一尾魚。

只有那麼吉光片羽的一刻，我可以清楚感知，魚和我一樣同樣渴求著快樂。

或者，現在的他正和我一樣，深深地不快樂著……

我不快樂時，不禁會這麼想。

我走在動盪不已的空氣裡去探看一位瀕於死亡的友人。

「不然就愛我吧，讓愛來抵禦……殲滅那頑強的死亡……」

我站在他床頭無聲地說。

但我輕易地看出他的無能為力。

此刻的他明顯地，已經不祈求什麼愛不愛了。

他只是安靜著，他只是快要死了。即便如此，他也沒有關於死亡的任何答案。

我只好轉身離開。

離開原是一件如此輕易的事。

我熟練地假裝著已經習慣死亡。

只是我方寸之間的那尾魚，透過死亡透明的水，讓我漸漸清楚望見，他的浮出。和他的潛藏。

「告訴我，死亡偷偷告訴了你什麼關於生命的祕密……？」魚浮出了水面，吐著瞬時消失的泡泡，表情嚴肅地問我。

而我多麼不忍告訴他，沒有呵，什麼也沒有。

「那麼，讓我的死亡來親自告訴你罷……」我於是這麼說。

彷彿安慰著。

從此我沒有再見過這隻魚，但我曉得他從來沒有離開過，他就時時潛泳在我的方寸之間，隨時等待我的回答。

然後果然有一天，我死去了。

我死前最後的一瞬的視覺記憶裡，我清楚看見，一尾魚自我方寸之間怡怡游了出來。

他，終於有了如汪洋一般廣大的水，供他游泳。

而我生平第一次感覺，我不必再擔心他活得快不快樂的問題。

真好。

與死亡密談——遇見是枝裕和

人生正在轉彎，往往可以只因為某個人，某件事，某個城市；而此時你正好遇見了某本書，某一句話，某段音樂，某部電影，被狠狠撞了一下，那撞擊成了轉彎的力道的一部分，分不出因果來。

我是一九九九年遇見是枝裕和的。雪天於波士頓搭紅線去到位於麻省理工學院及哈佛中間的那一站地鐵，再走好長一個距離的雪泥地，去到那幾乎被兩所學校師生們「霸佔」的藝術電影院，看到了《下一站，天國》（After Life, 1999）。完全意外，實在不知道要看哪一部。

那年我卅七歲，停止寫詩近兩年，一個人在哈佛醫學院白天做實驗，晚上做自己——醫學與文學之外的自己。

就在戲院裡哭起來，男朋友在身邊，完全不知道如何安慰我。因為他對這部電影完全無感。那也是第一次我感受到文化背景的巨大差異，如何改變人「感知」的方式。

不久我們就分手了。

後來才知道是枝裕和電影裡的文學元素，有時是西方人理解的障礙。

八年後我一個人在雪災當中，來到東京市郊的東京眼科醫院，困在五個榻榻米大的宿舍裡，窗外雨雪霏霏，離最近的總武線車站步行要四十分鐘，發奮寫論文不過半個月便受不了，趦往市區的光碟出租店，發現一個熟悉的漢文名字：「距離」（Distance，台灣譯作「這麼遠，那麼近」，2001）。頓時和波士頓的雪天記憶連接上，立刻租回來看。

一群信奉邪教（電影裡影射奧姆真理教）的日本人在深山某湖岸集團自殺後，死者們的家人相約重蹈其死亡途徑的一次遠足。悲傷的氣氛壓抑至最低限，加上影片沒有字幕，我半猜著跌入了是枝裕和的疑問：為什麼沒有任何一位家屬事先知道他的親人就要上山自殺？而這，就是距離。

下了山，沒有人心裡有答案。一次徒然之旅，重覆一遍失去至愛之痛後，卻更拉長了生死的間隔距離。

在那樣的雪天北國，不諳日語的我走在拘謹疏遠的地鐵市街的人群裡，完全理解這樣的一群人，會需求著怎樣一種宗教。

而回到台灣，沒想到在二〇〇九年就接連看了兩部是枝裕和的近作：《橫山家之味》（Still Walking, 2008）和《空氣人形》（Air doll,

2009），更確定了是枝裕和在我心目中「死亡大師」地位。

《下一站，天國》大約是影史唯一一部沒有活人的電影。另一部差可比擬的活人全死光的電影是《美夢成真》（*What dream may come,* 1998）羅賓・威廉斯主演。而其死後的世界卻大異其趣，只見有如神曲裡史詩版般影像的「地獄遊記」，充分顯現出東西方文化截然不同的「死亡想像」。

電影從一開始便是死者靈魂被送往輪迴前的一處「中繼站」回憶前生，必須通過考驗——找出一生中最珍惜的一刻並重溫——後才能繼續上路。

《橫山家之味》中不曾出現的，為救溺而犧牲自己的醫生哥哥才是主角。整個故事原來發生在他忌日那一天。

《空氣人形》裡化成真人的充氣娃娃在誤殺了男友後也走向自裁。

《幻之光》（Maboroshi, 1995）裡再婚的妻子在幸福的第二春裡才發現第一任丈夫自殺的真相。

《無人知曉的夏日清晨》（Nobody Knows, 2004）裡四個同母異父的小孩在被母親拋棄的租賃公寓裡逐日步向死亡。

大量的、快速的死亡充斥在是枝裕和文學式的敘說鏡頭裡。生者的無知、貪婪、任性、自私，要用死者一去不返的天秤，方才量得出其中人性的沉重與掙扎的力道。

兩次都在異國的雪天，和是枝裕和密談死亡。

我一生最珍視的一刻？每個人在重新投胎前必須自問。

是我在上幼稚園前父親不顧我的哭鬧毅然離家北上且一去數年的離別時分？

是我在高二暑假那年在太平洋濱花蓮中學的相思樹林裡立誓寫詩的

那一刻？

還是大四時打碎了病理切片企圖切腕結束生命的那一夜？是的，須置小我於死地，方知性命真心之所在。死亡，無時不刻不充斥在我們生活周遭，別人的，親人，與路人的死，都是我們藉以消融自我，瞥見真心的寶貝。生者浩漠無明如長夜，惟死是長夜盡處的光，徹照自性。

我終於明白我在看《下一站，天國》時痛哭的理由——我藉由是枝裕和，找到了自我的詩的出發點，意象宇宙的肚臍，終極意義的鑰匙孔。藉由凝視死亡，更能，更懂得擁抱今生。

儘管逝者如斯，且不發一語，且毫無癥候。

且毫無溝通的可能。如《距離》和《橫山家之味》中茫然的生者，獨自承擔著生存的重荷與難堪。

而我是你是我們都是，如此惶惑而失措的生者，害怕又期待著死亡這一刻的神奇到來。

而在《空氣人形》裡我第一次讀到了是枝裕和的詩——他者（The other）。有如以獲得人心的充氣娃娃、木偶皮諾丘、人魚公主及機器人男孩（人工智慧、IT）的那種比嬰兒更凌厲無情的目光注視，才看得出的人的顛倒可笑，原在於輕忘了這世界原是「他者」構成的，而人類卻執著於在在都有一個無庸置疑的「我」——如果「我」原只是所有「他者」的一個反映？《空氣人形》裡是枝裕和在死亡的迷宮論述裡更往前跨出了一步：他看見了「生」之困境，和「我」之質疑。

二〇〇九年末當我正為新詩版心經的出書抄寫心經之際，那「空即是色」的字體落在白色A4紙張上時，《下一站，天國》的「空」和《空氣人形》的「色」，正好以完美的循環在我腦際呈現，我俯仰半生際遇，只能嘆息因緣之不可思議。

在人生轉彎處，當孤獨沁入心腸，徬徨吸走了力量，淚光漶泯了方向，此時遇見了是枝裕和的電影，被狠狠撞了一下，那撞擊成了轉彎力道本身的一部分，分不出因果來。是幸福，是啟示，是不可言說的「真」的一閃而逝的靈光？在波士頓雪天的正好十年以後，我仍在這裡提筆美好地訴說。

是枝裕和作品年表

《幻之光》Maboroshi（1995）
《下一站，天國》After Life（1999）
《這麼遠，那麼近》Distance（2001）
《無人知曉的夏日清晨》Nobody Knows（2004）（港譯《誰知赤子心》）
《花之武者》Hana（2006）

《夜來香》（2007，籌備中）
《橫山家之味》Still Walking（2008）
《空氣人形》Air doll（2009）

何必待零落

行醫逾廿年，感覺醫院愈來愈多坐著輪椅被推進來看病的老人。以現在醫療生技的發達進步，「死亡」逐漸被推遲，「老化」成了坡度幾乎難以察覺的生命緩降坡，「病」逐漸與「器官退化」分不清了，而對大多數老人而言，死亡似乎還遠在看不見的斜坡的盡頭，無須掛念。

是的，生命的「長度」是被拉長了，但「寬度」及「深度」呢？人類彷彿陷入艾略特荒原裡的那位求得長生，卻忘了求「不老不病」的女巫，孤獨地倒臥在荒原之上，日夜呻吟，上下求索，只是死不去。

那日門診一位多年老病人在我為他施行過兩眼白內障手術後，視力已有進步，不過卻又因為網膜黃斑部退化而退步，終究不得不放棄數十年來閱報讀書的習慣。在我為他檢查完眼睛後，他突然嘆了一口氣，說：「實在是活太久了，大夫，我實在是不想活了……」

在一位身體機能尚稱完好，年齡卻幾乎是你兩倍的人面前，我似乎沒有資格告訴他生命值不值得活下去，即使是他的眼科醫生。

「別胡思亂想了……。」一時間我只能這樣安慰。況且，每個人的命只能自己負責，無庸外人置喙。

不料數月之後，又是另一位病患對我說了類似的話。

使我不得不沉思：我的病人裡，究竟有多少是已經不想活的？

「我已經不想活了。」

再沒有比這句病人的話更令醫師氣餒了罷。翻開手邊由許爾文・努蘭醫師所著的《死亡的臉》（How We Die），裡頭盡是對這老化時代的智慧箴言：

> 醫生普遍最意識到自我形象，就是要能夠統御最先進的醫藥，將岌岌可危的病患從死亡邊緣拉回來。
>
> 我們的時代沒有死亡的藝術，只有拯救性命的藝術，以及這門藝術所帶來的諸多兩難困境。

是的，回顧人類的歷史，死亡一直被視為生的一部分，當思及唐朝的古人及現今的柬埔寨男人平均年齡只有四十來歲，死亡當在生活裡一點也「不稀有」——以往中國人嫁女兒辦嫁妝，是連棺材一起備置下的。

而曾幾何時，「死亡」很少發生於死者的親人朋友之間，只有眾多機械管子環伺。愈年輕的世代對死亡愈隔膜。誠如努蘭醫師所說：「現在每個人都想多瞭解死亡的細節，卻少人肯承認。」

上世紀的人類大概很難想像，當今的人類會因為這過度膨脹的生的執念與達成，而對死引發空前沉鬱的惶惑與失措罷？

古老的智慧如佛家是齊等生死的，只有事事顛倒的眾生才只對著嬰兒笑，向著屍體哭。詩人里爾克更直接如此祈求：噢，主啊，賜給我們每個人屬於自己的死亡吧！

在眾多談論死亡的文學作品中，泰戈爾的說法最得我心：

是死亡為生命之幣烙上面值；如此方能用生命去購買真正有價值的事物。（Death's stamp gives value to the coin of life; making it possible to buy with life what is truly precious.）

而我們生命進程的每一分每一秒，每個剎那，不都是用向上天借來的一面鑄著生，一面烙著死的硬幣，去交換我們生命藍圖裡的每個自我實踐的「真實」嗎？

「髮從今夜白，花是去年紅，何必待零落，然後始知空。」我想告訴我那些「不想活了」的病人，何不就從當下開始，看清楚死亡在你的生命之幣上烙下的幣值，然後自問：

我已經兌換了多少？

「美」與「惡」的告別式

好友母親在發現罹癌後的一年半，過世了。

比起醫師當初所預期的，算是長了些。

但這期間好友所經歷的，還真不知該如何形容。主要是來自四面八方突然湧至的建議，平時聞所未聞神奇的祕方和大師一一現身，使得好友母親除了在醫院接受正規西醫的標靶藥物治療之外，也開始三餐使用貴得嚇人的生機飲食，每週兼做氣功治療，延請喇嘛來家中作法除障，並四處覓得宗教大師祈福，符咒神像掛滿床頭；號稱「具特異功能」的朋友此時也以水晶偵測食物能量，開出了適合病人的菜單，並自家中地下室「請」走了一些陰暗的「眾生」，並和祖先「溝通」祈求庇蔭。好友頻頻算命之餘，開始為母親每日蒸煮五穀飯，平日並無宗教信仰的他竟也早晚課誦經迴向，並聽從大師指示，母親喝的溫開水絕不熱冷摻和，而得等熱水自然變涼，等等，等等的這一切。可謂尖端科技與滿天神佛雙管齊下，相輔相成。

然而母親畢竟還是走了。

好友母親告別式那日，我遵循事先告知的dress code（服裝要求）——不須著黑色禮服——只以普通的正式普魯士藍西服入場。但沒想到全場蘊藉華美的貴賓們卻多一身名牌素黑禮服，讓我「萬綠叢中一點紅」地好生尷尬。

告別式以音樂會的形式進行，在好友上臺開場致詞後，便是約一個小時的室內樂團演奏，以好友母親生前喜歡的台灣民謠改編而成的古典樂曲為曲目，同時舞臺背景放出了美麗的各式花朵攝影輔以一些節錄自中西文學裡的有關生死、告別、思念等的金句美文（就我記憶所及，有泰戈爾、鄭愁予、蔣勳等人的詩句），隨著節目進行，眾人不禁深深陶醉在這優美樂聲及濃郁的文學氛圍裡。音樂結束，場外早已備妥精緻的外燴料理及自助餐點，一樣由身著素黑制服的侍者體貼招呼。賓客們離場時，每人皆在門口收到一張隆重的謝卡及一大朵插在玻璃小瓶中的石斛蘭。

事後好友在電話中不經意提及：所有來參加告別式的人都說：「太美了！」——這是他們一生當中所參加過的最美的告別式了。好友頗自豪地說。

不知為什麼，好友的話在我心中，聽來竟有些刺耳，尤其是那個

「美」字。

告別式，不該就只是與往生者告別的儀式嗎，與「美」何干？與那些音樂、美食、詩句何干？為何在那場告別式中我感受不到「好友母親」？因為「她」在那場「太美了」的告別式裡，早已被「美」淹沒。而她，不才是那天的主角嗎？

想起道德經所說：「天下皆知美之為美，斯惡已；皆知善之為善，斯不善已。」美與善原都是源自人性裡不經分別，不假思索的流露，一但有絲毫造作，有了「之為」（後天的定義），有了「天下皆知」（隨眾從俗），那美與善就可能失去溫熱活潑的生命，可能有了質變，甚至可以化作一場「不美不善」的災難了。

記得勞勃瑞福初次執導的電影《凡夫俗子》（*Ordinary People*, 1980）裡，那個飽受罪惡感折磨而自殺未遂的兒子，質問冷酷的母親為何在參加哥哥的葬禮時，不斷地抱怨並在意她的黑色禮服質料不佳及裝扮不夠完美。

「一個完美的葬禮所需要的，不就是真心的哀悼與哭泣，不是嗎？」

我聽見每個人子在問。

輯二 生活

等待的時光，像是動物的蛻皮、
換殼、蟄伏或冬眠期，
是最有被趁虛而入的機會和危險的。
人在等的時刻，
抽菸的凶猛度是平常時的四點七倍。
心臟的擠壓度和脊椎的磨損度是六點九倍。
皺紋形成的速度則是平日的九點三倍。
等待，原來是件使人虛弱的事。

等

1

等待，總是漫長的。無論它實際上，多長。

不為什麼，只是因為等。多多少少有些心不甘情不願。

在生活固定的節奏中，一下子突然變得無所事事，但心的速度一時還慢不下來，因此分外察覺，這等。

等，在等待中，突然間，變成一件頗嚴重的事了。

可是等，在等待結束之後，幾乎立即又被拋諸腦後。最多事後只記得：「×××。那次讓我等了夠久，討厭……。」

這怨怒通常並維持不了多久。

而你會懷疑，這世界上有始終都是愉悅的等待嗎？

應該有，但還得看等待的結果。

譬如：等待六合彩開獎，或在地鐵站等和未曾謀面但印象極佳的網友見面。但這結果，卻又與等本身扯不上關係了。

可是等，作為一個動詞，卻往往又是最抽像、最沒有固定形式的。

對於一個站在對街的陌生人，我們常形容說：「他就只是站在那裡，好像在等人一般。」

不為什麼，只為他什麼也沒做。面無表情，動作不多，難以猜測動機或形容特徵。

這樣，就像是在「等」。

雖是個動詞沒錯。但完全不具一般動詞具象的特性。

等，可以或立或坐或斜倚或引頸或來回走動或紋風不動或點起一根菸，萬般皆可，萬象皆可「等」。

你，對不起，現在正在等人嗎？

2

而等待的時光，更像是動物的蛻皮、換殼、蟄伏或冬眠期，是最有被趁虛而入的機會和危險的。

少女人都有在等車時被陌生人搭訕的經驗。

或是乘坐輪椅的殘障人士前來推銷愛心用品。

或衣冠楚楚的人前來做問卷調查、推銷保險。

或是計乘車刻意減慢了速度，在身邊繞來繞去。

有不少人在等車時被偷、搶、偷拍、評頭論足、或被從天而降的物品砸死，包括，從飛機上排出的糞便，和跳樓自殺的厭世者。

人在等的時刻，抽菸的凶猛度是平常時的四點七倍。心臟的擠壓度和脊椎的磨損度是六點九倍。皺紋形成的速度則是平日的九點三倍。

等待，原來是件使人虛弱的事。

但誰不等？

即使國王皇上出巡，也得等待良辰吉時，或雨停。

是等，使眾生回歸一種消耗性的、無可奈何的平等。

3

晚上九點十五分的超市。

結帳的隊伍並不長。但進行的速度緩慢。有時甚至就停住了。耳邊響起的廣播才使我有些明白這漫長的等待的緣由。

「本超市所有生鮮食品於晚間九點過後全部五折……」

於是隊伍最前方的一名婦女買走了大批幾乎足夠餵飽一整連士兵的壽司、握壽司、海鮮便當、鮭魚卵、鮪魚和海膽。

「她們家裡到底有幾個男人還沒吃晚飯？」我在隊伍後方不禁這麼想。難道她不知道這些食物不宜放過夜嗎？

一個極節儉又賢慧的女人。我想像她家裡有一大群男人在她採購回家後，貓狗一般將她團團圍住，個個捧著生鮮食品狼吞虎嚥，喜極而泣的模樣。

而吃完了大量生猛的海鮮，接下來，他們又會做些什麼事呢？

我在等待中，只好繼續這麼想像著。

4

當我注意到他，他站在那裡像在等人怕有快一個小時了。街角一個頗不起眼的角落。

「會有人約在那裡見面？」我內心狐疑著。

第二天，他又出現，同樣的地點，同樣的姿勢，不過比之前晚了近兩小時。

理著毫無樣式可言的小平頭，一身最平常不過的打扮，襯衫、長褲、皮鞋、襪子和腰帶，似乎就像從隔街市場裡買來的一樣。

臉無疑是年輕端正的，但又有一股不知從何說起的滄桑感。吸引著我又多留意了他幾回。

他依然什麼也沒有做地在那裡站了近兩小時。他等的人依然沒有出現。

沒有抽菸。沒有看錶。沒有任何不奈的表情。甚至，街頭周遭發生的事，也似乎並不太能引起他的注意。

他像是人決定要來就來了，說要走就走了，等待的過程於他，既不是苦也不是樂，等待的結果也似乎無關緊要。

他只是認認真真、誠誠懇懇地，等，而已。

我從未見過「等待」在他身上所顯現的，有這樣一種純粹、美好、平和的，禪修一般的況味。

一個那麼好看的直挺挺的男人，每天站在你看得見的街角。像咫尺天涯，又像唾手可得。

有一天，我決定走過去，探詢他的等待。

這時，我是那種報紙上會形容的隨意向路人搭訕的「社會無聊男子」。

「在等人嗎？我看你每天來。」我說。

他出奇地沉默著一陣。

之後說：「我也有看到你喔！」

那近乎天真的表情和青稚的口吻洩露了他的實際年齡。

「明天我就換崗位了。今天是我最後一天在這裡囉。最近因為有長官常到這附近……」

我立刻意識到不宜多談，但他臉上表情似乎一點也不以為意，只有一種極低限的微笑。

他離開之後，第二天果然沒有再出現。

直到今天，我還是經常猶豫，我是否該繼續，我的等待。

雲朵們想念的衣裳

他一直沒有辦法忘卻名牌衣服所曾帶給他的感動。

他和大多數都市人一樣，領著薪水，量入為出地過日子。每個月刻意挪出來的治裝費，可能走進名牌服飾店，也只夠購買一樣無關痛癢的小配件。

他經常流連在那些名品櫥窗前，望著那些鹵素燈光下神采奕奕套在塑膠模特兒身上的當季衣款，對著那線條、那手工、那設計、那質地、那色彩，久久歡喜讚嘆不已。

於他，那些名牌衣物就是藝術，而且是藝術的極致。他永遠無法忘懷在紐約第七大道上隨便走進一家Banana Republic，在廣大有如會議廳的試衣間裡，在大朵大朵的香水百合和潔白海芋之間，發現那一件件優雅懸掛在金屬吊桿上的，剪裁極度簡素的純白棉質襯衫，而突然有一股想要上前撲倒在那片如白雲般大幅白衣上頭的衝動，那種熱淚盈眶，那種喜極而泣，那種欲仙欲死。

他也永遠無法忘懷當他旅行在某些亞洲國家的某些城市，經過那些專門販賣觀光客商品的店舖，那樣粗製濫造、剪裁低劣、質地廉價、色澤媚豔的各式衣物，被如此大量無節制地製造、量產、copy，再copy，又被如此有效率地四處運送、傾銷、販售時，心中的鬱卒愁悶。他往往站在商店外，看著這些在他看來絕對不可原諒的衣物，心中悲如泣血。

而後當他看見這些衣物被那些城市當地人或遊客們大量穿戴在身上

時，他的心也由悲傷，逐漸轉為憤怒。

他想起他讀過出現在他信箱裡的傳單上的一篇文章，叫做「每年少買一件衣服救地球」。文篇裡直截了當地反對人們每年更新衣櫥內容的作法：如果地球人每人每年少買一件襯衫，平均每年可以挽救一座熱帶雨林。當時的他深以為是。

他想，他如果是地球國的國王，他一定首先禁止那些不知「設計」和「品味」為何物，卻被幾近瘋狂地大量生產的衣物的製造。然後，嚴格規定人民衣櫥裡衣物的件數，然後，名牌設計師們將被選作國家英雄，列為國寶，由政府出資補貼那些「名牌服飾」，幫助他們大量行銷與降價，使地球國的子民，人人每天永遠只穿著品味卓越、設計不俗的衣飾——然而當他站在名牌精品店的櫥窗外，看著藝術品般的衣服一件一件被從模特兒身上剝下來，撕下上頭的標價標籤，被仔細包裝起來，放進那令人心碎的印有名牌字樣的手提袋，被買走。

他曾經一件一件地向它們默默告別，並幻想著他穿著它們的樣子。

但他長久以來一直納悶著一點：為何他在這城市看不到因為穿戴上這些名牌衣物而散發出的美好？例如，上午當他站在市中心某個街角等著過馬路時，看著大群大群都會男女在他身邊來來去去，每個人看起來同樣地灰暗、枯黃、焦黑、衰敗——以及最不可原諒的，平庸。名牌，是的，他確信這當中有許多人的確穿戴的是如假包換的名牌，但，名牌的感覺為何和他在櫥窗裡燈光下模特兒身上看到的感覺，差別如此巨大？

彷彿那些名牌衣物，一旦走出了櫥窗，躺進了購物袋，送進了衣櫥，便如橘逾淮為枳一般，失去了名牌原本驕傲、高貴、絕對、不肯流俗的藝術家本色，而成為鈔票所豢養的一名婢女?!

還是，名牌原本就如此？他在心底質問自己：還是，一切名牌有關的美好，只是他站在櫥窗外時大腦營造出的幻想？

他遲疑著走回家，打開衣櫥，點數那裡頭少得可憐的，幾件夜市買來的仿名牌衣物，突然一股絕望從衣櫥裡深黝的黑暗當中，如颶風般向他襲來，他看見衣服們被吹得鼓脹彷彿如灌滿了力氣，仿DKNY的鼠灰緊身套頭V領上衣首先飛出衣櫥，衝出窗外，接著是仿Kenneth Cole他最心愛的燈心絨與純蠶絲編出的黑色領巾，也如靈蛇出洞般瞬間尾隨而去，接看是他仿Boss的三件蔥金、蒜祿與綠松石藍的背心緊追在後，還有仿Calvin Klein和J. Crew的半打純綿內褲，仿Timberland和Brooks Brothers的上班西裝和吊帶休閒褲，像被一條隱形的絲線拉扯而如萬國旗般一面接著一面，手牽著手飛向天空，且件件迎風舞動，解放而自在，手舞足蹈在朵朵白雲之間，孩子一般向他告別……

是了。雲想衣裳。

他眼淚不禁奪眶而出，理解到原來名牌衣物本來就不屬於人間，而雲朵的萬千姿態，才是一切設計師靈感的來源——他們和白雲同屬一個國度，只在人間的精品櫥窗裡短暫停留，提醒被困在都會裡心靈枯竭的人們，生活中一種向上提升的，美的可能；一種日常唾手可得的靈感與變化，一種人人向自我內裡探求與注視後，勇敢展現的獨立與特異，一種堅持對生命負責的對完美的執著與超越……

他揮手向離他而去的Armani、Gucci、Boss、DKNY、Kenneth Cole、Calvin Klein、Timberland、Brooks Brothers和Banana Republic告別，知道了他們終究屬於天空，白雲才是他們的兄弟——

而自己，在注視著櫥窗時，也曾經是一朵白雲，那樣無憂、高貴且自由的一朵白雲，和其他雲朵一同舒捲或合抱，飄流與沉浮，而姿態雖從不經意，總是那麼動人而奪目，自若而且自如……

地下停車場幻境

車子以極平穩的速度駛進了停車場大樓。黝黑、方正、鋼筋粗礪的巨大灰色建築，沉重地蹲踞在城市沙塵僕僕的堅硬土地上。到底有多大呢？這棟建築，他倒從沒有想過這個問題。因為，他從車窗裡從未看到這棟建築的頂，和邊過。

反正，**足夠容納全地球所有的車輛**停放就對了。他想。

車子以幾乎不變的速度和角度，平穩駛下了B1。在車內絲毫感受不著車行時的一絲震動顛簸，只有微微的離心力，在車子轉彎間牽引他的脊椎。

青白色的日光燈無情緒地靜定定照射在空無一人的、已經停滿車輛的B1。各式各樣的車輛。新的舊的，昂貴的便宜的，有保養的或幾乎已成一堆破銅爛鐵的，全部齊聚一堂，塞滿了這布滿陰影、標示、管線和混凝土氣味的密閉空間。

車子繼續以幾乎不變的速度和角度，駛下了B2。同樣滿滿的車輛，黝暗的青白色日光燈，裸露的糾纏的管線，不知所云的各種標示，粗糙的混凝土。

他繼續心平氣和地開下B3、B4、B5……。

他繼續又不知開下了幾層。車子幾乎是以固定速度和完美的滑行姿態，無止境地盤旋向下。每層都是滿的。

不知駛下了又幾層，他幾乎已經清楚感受到這棟大樓的靜定飽滿的壅塞。柏油路面上永遠指向前方的箭頭，彷彿暗示著這棟神祕的停車場大樓的地下深無止境。各型滿滿停放的車輛，整齊而馴服地伏在陰影深處，有如編了號碼、停止運作且失卻動力的各型戰鬥機械獸，暗示著曾經一個戰爭頻仍的年代，一場理由被遺忘的戰事，一項用以殺戮和摧毀人類的武器。

如今，都被完好地蒐集、上油、打光，慎重地保存在這龐大而祕密，無人知曉的地下戰爭博物館裡，靜謐地等待，來年再度核子大戰，重新電池充滿，披甲上陣。

原來，這座鉅大無邊的地下停車場，只是偽裝的深埋地下的兵器庫？而又是誰、基於什麼樣的理由，在這裡堆放了所有年代、各種型式的戰鬥機械獸？

他在地下愈深愈稀薄的空氣中逐漸放慢了車速，渙散了思考。這是個夢？還是有關戰爭的記憶在他潛意識中，因為缺氧而發酵所蒸發出的幻覺？

他愈往地下深處駛，他就愈加確定，他曾經也是一名負責操作戰鬥機械獸的士兵，在遙遠而記憶模糊的一場爭戰當中，嫻熟地大量撕殺與蹂躪……。而如今，他前來存放他這一輛機械獸。

他第一次知道，原來這世界存在著這麼多戰鬥機械獸。

在這座茫茫漠漠、幽深莫測、廣大無垠的的人類戰爭博物館裡，他開著車繞了又繞，一直找不到一個可以停放自己的位置。

輯三 旅行

當我終於親自踏上拉達克，
在上千年的阿奇古寺外，
我就忽然有一瞬坐在廟門外，
看見了喇嘛們脫在門口的鞋。
一雙雙沾滿灰塵，破舊，
足印深陷的鞋，忠實記錄了求道者漫長的
寺中歲月的具體形貌。
不可思議啊。只能如此讚嘆：
不可思議之不可思議，在旅途……

不可思議之不可思議，在旅途……

經常聽人說起生活當中發生的「巧合」。在每日重複又重複的例行作息當中，巧合或許並不那麼驚人，但在一切還未知的旅途中，巧合的事發生，就便不免有些怵目驚心了。

讀德國「明鏡週刊」記者坦尚尼的東方遊記《算命先生告訴我：工作與命運的重整遊戲》（*Fortune-Teller Told Me: Earthbound Travels in the Far East*）時，發現了完全心領神會的一段文字。

93年當坦尚尼正循水路由曼谷前往高棉，出發前在書房桌上無意拾起毛姆的一本小說《客廳裡的男士》（*The Gentleman in the Parlor*），他坐在小貨船的甲板上打開閱讀，發現毛姆在書中正描述一段和他完全相同的旅程。

書中毛姆甚至寫道：他在臨出發前想找一本書帶著去旅行，無意瞄到書架上一本綠皮的書，他在上船後開始閱讀。（這裡我和作者坦尚尼一起汗毛直豎！）

書的第一章便寫著：「我永遠無法認同查理斯．藍姆（Charles Lamb）灌輸給眾多讀者的感情。」而那正是坦尚尼在船上打開毛姆的小說時，那一剎那間浮上心間的念頭：他向來無法認同毛姆「灌輸給眾多讀者的感情」。

而02年當我正忙於準備出發往埃及的旅程時，突然天外飛來一念，在行李箱裡同時塞進了兩件一模一樣的印度式白色棉衫。而在尼羅河上乘郵艇往阿部辛貝神廟途中，一位臉看起來和埃及法老幾乎一模一樣的年輕人，走來和我搭訕，他遠兜遠轉向我表示：他的同行叔叔很喜歡我身上的白襯衫，願意出價買下。依我對埃及人的瞭解，只要是他們想要的東西，他們絕對要得到。我當下二話不說，奔回房間把衣服脫了送給那位年輕人，同時心中充滿命運神奇的光。

而07年當我出發前往拉達克時，崇民師兄送了我一本安德魯·哈維（Andrew Harvey）的《拉達克之旅》（*A Journey in Ladahk*）。這位成長於西方的佛教徒的心靈追索之旅，終於在拉達克放下了以西方人眼光探究佛法的心防，找到了他真正的心靈上師。我被書中其中一段描述深深打動。

當他在拉達克「遍訪名師」而不得要領，百般迷茫挫敗之餘，卻有一次在寺廟外等待上師的接見時，看見一群寺裡喇嘛們留在門口的，一堆已經穿得破爛的足印深深陷入鞋底的拖鞋，他忽然心生一念：這，就是佛。

當我終於親自踏上拉達克，在上千年的阿奇（Achi）古寺外，我就忽然有一瞬坐在廟門外，看見了喇嘛們脫在門口的鞋。一雙雙沾滿灰塵，破舊，足印深陷的鞋，忠實記錄了求道者漫長的寺中歲月的具體形貌。

不可思議啊。只能如此讚嘆：
不可思議之不可思議，在旅途……

海

佛羅里達

幾乎每年五月都要到佛州的羅德岱堡（Fort Lauderdale）開會。五月已是佛州避寒季節的尾聲，海邊人潮稀少，海水也不那麼暖了——我卻每年在這不冷不熱的時節來到這裡，面對這一大片和自小便熟悉的太平洋迥然不同的海水。

佛州開發的歷史很短，帶有濃烈西班牙殖民的色彩，據說大部分土地是疏決沼澤而來，如今已是全世界最貴的住宅區，且房地產年年看漲。

沼澤地布滿美洲短吻鱷，體型較小，善長鳴叫，外觀並不凶惡，但聽說有一年飛機掉入，也並沒有一人生還。

不知為什麼一般人眼中美妙的「旅遊勝地」佛羅里達，會特別給我一種強烈的人生無常感，大概是因為它聚集了全世界最有錢的退休老人。房地產和殯葬業特別發達。年輕人來來去去，真正能夠留下來的，卻都是一批又一批的老人，希望在這四季如夏的熱帶樂園裡美好地死去。

當我在黃昏時刻來到這片大海前，不遠處便是沿公路兩旁麕集的眾多商場、餐廳、酒吧、舞廳、Motel和高級住宅，更遠才是鋪陳遼闊的五星級飯店和高爾夫球場。整整齊齊，一塵不染，不太像是人類會「居住」的地方，在這裡待得短的人，倒還活得久一些。

「這，就是大西洋！」我迎著海風拍下了黃昏的照片。沙灘明顯才整治過，海岸線平坦得十分單調，風聲獵獵，海邊遊人多已離去，陣陣涼氣自海面襲來，異鄉之感油然而生，而且逼人。

「走吧。」也不知看了這片陌生的海洋多久，同伴才提醒我，天色暗了，該回旅館了。

花蓮

我是在花蓮海邊長大的。

一九六〇年代的花蓮的海，和廿一世紀的今日，是非常、非常不同的。

拜二〇〇六年太平洋詩歌節之賜，我以偷閒的心情重遊了從港口至南濱這段海岸。童年的感覺有一些些回來了，但物換星移、滄海桑田之感更多。

童年的花蓮海邊布滿了神奇的鵝卵美石，在海水浸溼下映著天光，每一顆都有如寶石一般，無怪乎每次去總滿口袋石頭回來，也薰染了花蓮人玩石、玩漂流木等「靠海吃海」的習性。

台灣經濟起飛時，花蓮海岸的鵝卵石大舉外銷，我的國小、國中同學們的暑假打工，便是在海邊撿石頭，賣給出口商，聽說都去了日本。而這時，花蓮海濱的沙灘長度竟大幅縮短了，從前跨過堤防還得走上長長一段路才能踩到浪，而今，竟只有數十呎之遙。

高中時花中外海頗具歷史的白燈塔被炸燬了，花蓮港區延伸向北濱。花中高三在停課準備聯考時，同學時常翻牆出去，到海邊捕熱帶魚，經常滿滿一塑膠袋子花花綠綠、奇形怪狀的魚帶回教室。如今，當然是絕不可能了。但06年從亞士都飯店向北，越過港區朝已成觀光景點的七星潭走，其實遠比不上往南濱方向，朝南濱市場及公園走這一段來得美。而這一段海灘，正好也是我童年留連忘返的遊戲場。

我揹著略顯突兀的相機，邊走邊試著拍下每一顆石頭、每一道浪潮，但其實是試圖捕捉童年的記憶。並非週末，又非假期，一路行人稀少，四下靜悄，只有海浪拍岸聲分明，走到了開闊處，有人騎腳踏車，把車停在堤上，就坐在石頭上怔怔地看海。不知為什麼這樣尋常的景像帶給我極大的震動——原來，幾十年來，花蓮人看海的姿勢沒有改變！海變了，沙灘短了，石頭少了，堤防加高了，又多了好多醜陋的消波塊，人也該不是當年的看海人了——但花蓮人看海的姿勢、眼睛，看海的那顆心，幾十年赫然沒變！真如佛家言：「人從橋上過，橋流水不流。」

時間並未真正帶走一切。如今反而是看海人的那姿勢安慰了我。冬天花蓮的海天總是清一色底陰沉，不似夏天時有寶石藍般層次複雜的藍，我拍完照，騎上腳踏車，原來在海邊看海的那中年男子，不知何時已經走了，我把單車騎上堤防，單腳點地，迎著獵獵海風，將視線投向海天極遠處。天地悠悠，人的存在如滄海之一粟，除了這些感慨，我並不知道每個花蓮人騎著腳踏車看海時都想到了什麼？

我把單車停在堤上，在岩石上坐下來，遞補了方才那人的位置。

兩個古巴

飛到感覺似乎是另一個世界的古巴，竟然用不了一天。地球真的縮小了。

在哈瓦那大學參加生醫材料（Biomaterial）醫學會的第二天，在會場外遇見一位皮膚曬得極黑的東方女子，清湯掛麵的直髮在腦後綁了個馬尾，一身草綠登山勁裝，夾克帥氣地披在肩上，正拿著相機朝那兩百年歷史的會議廳猛拍。

打過招呼後彼此自我介紹，知道是北京來的，我也向她介紹我同行的夥伴，在國內某私立大學任教的K。

「好極了，我幾乎有廿多天沒見過一個東方臉孔，也沒說一句中文。」她操著一口流暢的京片子。

太好了。我心裡也想：終於遇見一位比較瞭解古巴而又能溝通的人了——畢竟，她已經來了快一個月而又存活了下來，不是嗎？

接下來的三天，我幾乎是黏著這位北京女孩，重新遊歷了我已經待上兩天，卻吃盡了語言不通，被騙，被敲竹槓，和什麼民生必需品也買不到的苦頭的哈瓦那。

而K知道了她是「北京來的」，有意無意地找藉口留在會場，避開了我們。

K對古巴有一種令人不解的，不知從何而來的狂熱。這次會飛過大半個地球，來到這世界僅存的少數幾個共產國家開會，大半還是K的慫愿。

「你沒看過勞勃・瑞福主演的《情定哈瓦那》（*Havana*）嗎？」K問：「太浪漫了不是嗎？」

看是看過啊。但不覺得有多感動。而且那是豬玀灣事件及飛彈危機前的哈瓦那（1958），經過半世紀的物資禁運，古巴該早已不是電影中的那個熱帶樂園了罷。

「還是因為有一部A片也叫《情定哈瓦那》！」我眨著眼打趣——是真的有這樣一部！

K搬出他準備好的功課，對切・格瓦拉的生平如數家珍，還把從網路及圖書館蒐集來的旅遊書堆在我桌上：「我們一定要去看看當年他打游擊的地方！」

在飛來古巴一路上才逐漸理解，原來K把台灣的處境投射至古巴，同情心加上同理心，一廂情願地認定了古巴由原來帝國殖民的黑奴集散地與紙醉金迷的後花園，一路革命爭取獨立，冷戰時期甚至還將美蘇兩大強權玩弄於掌股之間，正是他理想中台灣未來前途與希望的最佳樣板。

他甚至還鄭重地援引了漢書裡漢武帝滅樓蘭國的故事：「小國在大國間，不兩屬無以自安。」來況喻台灣目前的處境。

而北京女孩呢？她又為了什麼來到幾乎沒有大陸遊客的古巴？

我們一路由新城區走向革命紀念廣場，一向風和日麗的哈瓦那卻颳起了大風雨。在看過了國務院外牆上切．格瓦拉的巨型頭像，她才聊起她的上一趟旅程，從尼泊爾進入北印度，再由喀什米爾進入巴基斯坦的拉合爾（Lahore）。

「這些地方剛好我都去過！」我好像發現了知音一般叫出聲，畢竟少有人會選擇這「世界的火藥庫」去旅遊。

但她接下來的行程就叫我目瞪口呆了——之後她一路向西挺進至任何旅遊書都不會推薦的，爆炸頻傳的白夏娃市，再進入阿富汗北邊，在警察的一路跟監保護下徒步旅行，直到金錢耗盡心身俱疲，才由伊朗飛回北京，歷時近半年。

「我最沒有興趣去的就是美國和日本！」她說。從中國近代史的角度也不難理解。

而古巴呢？她來古巴，該不會是因古巴比中國更忠於社會主義的路線和理想罷？

她一邊感嘆今日中國比資本主義更資本，卻也透露她每次自助旅行的費用全來自股市。

我從背包裡取出兩本平裝西班牙文的卡斯楚演講集和切．格瓦拉的傳記送她，她目光一亮，大方地收下了。

「支那？」車掌小姐問她。她點頭，兩人立刻便用西、英兩種語言交談起來，原來車掌的妹妹在北京念書，想問她如何從哈瓦那打電話到北京——在古巴經常遇到當地人「求助」於外來客的場面，像我在提尼達（Trinidad）的房東，當我早起刷牙時竟走進房來問我借牙膏。

而她的確一路追隨切．格瓦拉，從最南方聖地牙哥市附近的山林參訪當年切打游擊躲過的山洞，一路朝西北循切的戰線旅行，最後在聖塔克拉拉市的廣場瞻仰了切的銅像——那是切最終高舉革命勝利之旗的地方。

「切那時躲山洞裡的房間竟然裝著冷氣!?」她頗忿忿地說，彷彿偉人不應享有吹冷氣的權力。

接著我們一同遊歷了哈瓦那古城區裡所有的古教堂和博物館，豐美的假日藝術市集和二手書市，市郊純白似雪只開放給外國遊客的海灘，在海明威最常流連的酒吧裡喝蘭姆酒，吃當地人吃的噴香小比薩，最後一晚終於找到小小的唐人街嚐到久違了的麵食，炒菜和烤鴨。

「明天就要飛北京了……」她頗懊惱地說，抬頭看了看碧藍如洗，白雲安詳的天空：「真希望明天下雨飛機延後……。」

我睜大雙眼不能置信眼前這位身材看似嬌弱的北京姑娘，是如此地喜愛這物資貧乏，民氣樂悍的古巴。

「哪天乾脆就死在路邊好了……。」她突然丟下這樣一句令我錯愕。

送走北京女孩的第三天，我和K也踏上了歸途。

「我一定還要再來古巴一次，」K行李中塞得滿滿底切．格瓦拉的紀念品，難掩依戀地問我：「你還要再來嗎？」

我沉默了。

回程飛機上我仍一如來時不解古巴的魅力何在。

而兩個年齡相仿，卻成長於不同政治情境與文化脈絡的「支那」，在二〇一〇年三月不約而同來到了古巴，並為他瘋狂。

古巴只有一個，但在K與北京女孩眼中，卻是如此不同。

下飛機時我想起了某哲學家曾說過，令我無比哀傷的一句話：

我們並未分享同一個世界。

即使在天涯已是咫尺的今天。

在博物館遇見詩——塵的想像

09年五月在鹿特丹自然歷史博物館流連時，無意間走進一個分外寬敞的圓型房間，中央陳列著一副高逾八呎的長毛象骨骼，四面牆壁空盪盪的沒有任何說明，卻意外地發現有人用油漆在其中一面白牆上寫了幾句詩樣的英文句子，題名叫：「塵的想像」（*Dust Imagine*）。底下並沒有署名，只在另一面的牆角邊，小小地簽了個尼可・索拉可夫（Nedko Solakov）。（註❶）

詩是這樣寫的：

如果我想要重啟我的生命
一隻鸚鵡螺那樣活著
或是一隻玩具鴨子，
或一塊水晶礦石　或一片雪花
或一道陽光的七彩光譜
或是現在你所站立其上的木頭地板
——那會怎樣呢？

一般而言，每個男孩都夢想要成為「另一個人」：
一位名演員，勇敢的騎士，富有的英雄……。

我卻想要成為「另一種事物」——

某種我從老教科書上
或從自然歷史博物館的蒐藏
或那些大自然的無生物
所得知的事物

誰能料得到？——或許
經由這樣的轉換：我成為一隻鸚鵡螺，一隻玩具鴨，或一片雪花……
我可以和我周遭的人世界
建立一種更適當的關係……（註❷）

讀完當下心頭一驚：是誰把這首詩抄在這面牆上的？真是智慧。因為它隱隱點出自然歷史博物館的主旨意涵：探索人在宇宙萬物間的位置。

一向愛逛自然歷史博物館的我，不只一次自問，耗在所有那些布滿各類動植礦物標本及解說圖表的陰暗長廊的時光裡，究竟都是什麼在感動著我？說穿了，無非都是屍體。生命萬物的「多樣性」在「進化論」裡得到了暫時而不究竟的解答，人是什麼？存在生命譜系的樹狀分布圖上的哪個位置？

我們可以有選擇嗎？

人和大自然的關係為何？

所有的問題，歸根究柢可能只是在問：生命究竟是什麼？而這樣的發問固然引發了自然科學家的無盡探索及生命科學的飛躍進步，但問題本身怕也早已被佛陀歸入「十四無記」的「不回答」類罷。

而沒有比在自然歷史博物館思考這類問題更恰當的場所了。

隔著櫥窗看見玻璃上拿著相機的自己的身影，和所有已逝去或尚未消失的生命物種重疊在一起，我、黑猩猩、森蚺、菊石、魚龍、寄生槲或劍齒虎，我們在時間長河（但就地球歷史而言，也可說是恍如一瞬）的時空遷變與演化裡，有什麼關係？這樣的我們為何存在於現代？那樣的他們如何只剩下標本和化石？「他們」真的消失了，或只是選擇了另一種生命的形式？

而最想問的是：人類是否也將步入「他們」的命運？

此時腦中不禁浮現《維摩詰經》裡所說的「時間如幻」，而人處在時空的幻象裡，面對萬法的正確的知見應是：「不一相，不異相，不自相，不他相」（一如這首「塵的想像」）——在自然博物館裡，「眾生」的概念（甚至包括礦物和星球）化為無盡陳列的栩栩具象，俯仰瀏覽之間，感受天地悠悠，其間萬物急促生滅，正合佛法「諸行無常，諸法無我」之精義，人的心量可以在一瞬間放大，宇宙萬物渾如一體的感受油然而生，也就接近《金剛經》裡菩薩們去掉「我相、人相、眾生相、壽者相」之後，所謂「無生法忍」的境地了。

而另一次相仿的經歷是在遊歷巴基斯坦拉合爾博物館（Museum of Lahore）時，在親見著名的「佛陀苦行像」之後，也就遇見了十三世紀詩人魯米（Rumi，或稱Jalaloddin Mohammad Moulavi, 1207-1273，伊斯蘭蘇菲派神祕主義詩人）這首愛與死的證言——「我如礦物般地死去」（註❸）：

我像礦物般死去而變成植物；
我像植物般死去而長成動物；
我像動物般死去而成為人。
為何我要恐懼？

何時我因死去而下降？
然而，再一次我將像人般死去，
而與被祝福的天使共翱翔；
……。
當我犧牲了天使般的靈魂，
我將變成那任何心靈都無法看透者。
哦！讓我不存在，因為，
非存有以一種管風琴的聲調宣告著……

不同的時空，文化與宗教背景，卻同樣呈現不斷「自我消解」與「再生」的超越歷程，尼可·索拉可夫與魯米詩作具體表現了這個普世共通的求道者的精神旅程，在他們眼中，或許生命的意義，就在「超越生命」本身罷！

註：

❶尼可．索拉可夫（Nedko Solakov）是當代保加利亞的一位知名裝置藝術家兼詩人，著有《九十九種恐懼》等書。

❷「塵的想像」原文：

What would happen if I want to start to live as an ammonite, as a stuffed duck, as a rock crystal, as a snowflake, as the colour spectrum, as the material that this very wooden floor (on which you are now standing) is covered with...?

Normally, everybody dreams to be 'somebody else': a famous actor, a brave knight, a rich hero....

I want to be 'a something else'—'something which I know from my old school books, from the natural history museums' collections or just from the inanimate nature.

Who knows-maybe in this case: with me as an ammonite, as a stuffed duck, as a snow flake..., I could establish a more suitable relationship with the society around me....

❸「我如礦物般地死去」原文：

I died as a mineral and became a plant,
I died as plant and rose to animal,
I died as animal and I was Man.
Why should I fear? When was I less by dying?
Yet once more I shall die as Man, to soar
With angels blest; but even from angelhood
I must pass on: all except God doth perish.
When I have sacrificed my angel-soul,
I shall become what no mind e'er conceived.
Oh, let me not exist! for Non-existence
Proclaims in organ tones, 'To Him we shall return.'

(Translated by A.J. Arberry)

輯四 同志

可是，我發現我喜歡男人很久了
至今我依然深深　愛著　戀著
雄性的人類。從中

知道了他們種種的可愛與不可愛
種種不值得

屬於人，或只專屬於男人
的不可愛　不值得

成為人的機會

最近讀到一段關於沙特的話，覺得就在說自己，自己的童年。沙特是個早慧而耽溺於「詞語」（閱讀）的孩子。一如小時候的自己。不同的是沙特日後並沒有成為同志。

「……然而不管詞語的世界是多麼誘人，多麼豐富多彩，可相對於活生生的現實世界，它總不免要大為遜色。」沙特說。

僅僅詞語本身的魅力，不足以使童年的沙特沉溺至難以自拔，不管沙特的外祖父如何溺愛他看重他誇張他語言文字的才華，稱之為「奇才」，也不管沙特本人如何想像自己「擁有豐富的想像力、淵博的知識和如劍客般敏捷的文思」——當他在盧森堡公園裡看著那些活潑、健壯的孩子們在遊戲時，他嚇呆了，他不能不感到自己的矮小，而當他呆立一旁根本就不為人所注意時，他更覺得自己「低人一等」。

這時，只要能獲准參加那些孩子的遊戲，他會毫不猶豫地拋棄他為之感到驕傲的一切才能。然而他並未能獲邀。

「正因為無緣與真正的同齡人打交道，這使他喪失了一次又一次成為一個真正的人的機會……。」

在某種程度上，我也如沙特一般，沉迷於書寫而一次次失去了「成為人」的機會。而更糟的是，我還是一個同志。

「看著那些活潑、健壯的孩子們在遊戲……」於事無補，是該正式下場遊戲的時候了……每當我闔上書頁或停下筆，便彷然如此激勵著自己。

弔詭的是，我參與遊戲的方式，是文字。

他愛上的是我

又到了一年一度升主治醫師的季節。

U主任宣佈了投票日，不但製造個人民主開放的假象，又可有人為他的選擇背書。

選前主任多方運作，自有他心目中的人選，卻連一票也不想給他。可是又不想做得太明顯。

W醫師揣摩上意，自然身負重任——非讓他得〇票不可。

果然選前醫院裡謠言四起，自然大多是不利於他的：

「×××醫師真是娘娘腔，三十好幾了也不結婚，八成是個同性戀！」

不知效果是否不彰，隔日又聽見W醫師向著其他醫師拍胸脯保證：

「×××醫師不但是同性戀，而且他愛上的是我。」

只是錄音帶在翻面

在台灣「民風」尚屬「純樸」的一九七〇年代，身為一位某某「黨國大佬」的同志兒子，是什麼滋味？只知道他因此「出國念書」了好幾年，直到父親退休為止。

在同志酒吧和他認識，覺得他出人意料的隨和，完全沒有公子哥兒的架子。甚至感覺，他是寂寞的，比我更需要朋友。

第一次碰面他立刻主動給了我電話：「歡迎晚上常打來聊天。」結果卻是他常打來。

夜深人靜，聽得出來對方那裡是深宅大院，闃無聲息。

只是聊過一回，往往便聽得「嚓」一聲，小小的打斷了我們的對話。

連續幾回這樣，我便也再按捺不住問他這是怎麼回事，只聽他在電話中笑著回答：「沒事沒事，只是他們的錄音帶在翻面……」

祕密

春節回花蓮老家，竟然在書桌抽屜裡發現厚厚一疊信箋。信紙發黃變脆，卻收拾齊整，夾在一本蒙塵上鎖的日記裡。很顯然，當初是要藏起來的。後來就忘了。

那是高中時代一位北上就讀建中的同學寫來的，屈指算來，竟已是卅年前的事了。

西方的律法明文規定十八歲（或廿歲），方能「確認」自己的性向。

那麼，這一段刻骨銘心的少年往事，該算什麼？兩個初、高中男生，一個在台北、一個在花蓮，連接個電話都有家人側聽，想必這些信也是事先被拆過的。不過字裡行間遣辭用字極清淡，許多需心領神會之處，是大人們絕對讀不出來的。

想不到廿世紀兩個小男生之間的曲折婉轉，並不下於紅樓西廂。

而後來何以竟至無疾而終呢？可能西方律法說得對，十八歲之前，是沒有人確定自己的性向的。

You have better let somebody love you

Eagles合唱團的那首膾炙人口的經典*Desperado*（亡命之徒），一直是有「歌王之王」之稱的我，在KTV裡屢攻不下的一首歌。主要是那規勸浪子回頭的口吻，必得帶些江湖息氣，才得對味，否則最後那句「You have better let somebody love you」，聽起來就有點像在求歡了。

而我的嗓音之於這首歌，只能說「太有教養」、「過度文明」（too sophisticated），說得直接一點，就唱這首歌而言，聲音顯得太假。

記得有一年在曼谷休假，一晚時間尚早，朋友帶我去到一家門可羅雀的西式同志酒吧，「人少就多唱歌囉！」朋友說。

我鼓起勇氣上臺唱了一首「月亮代表我的心」，向甫逝世的張國榮致意，而隨後，就有一位長得黝黑大眼的迷人男孩上臺，唱了那首Desperado。

純陽性的嗓音，帶些迷人的沙啞，道地的江湖口氣，兄弟情義，比原唱勝出不知凡幾。

我在臺下，幾乎立刻愛上了這個男孩，因為我知道，其中有一句歌詞是為我而唱的。

表情

人有表情總是好的，好過不露表情。

可惜東方人習慣了壓抑，不輕易喜怒形於色，當年的哈佛白人男友就常不明狀況，也或許真的看不出東方人的情緒，直要到兩人大吵一番，直嚷「sit and talk.」為止。

而最令我心碎的，是個永遠只有一號表情的男孩。話極少，連肢體語言也乏善可陳，招牌動作就是雙手抄在口袋裡聳聳肩，一切就都沒事了，過去了。

而我不知道那其實是愛，還獨自寫著寂寞的詩，自許全世界最孤獨的人，單戀著一個不可能的對象。

而毫無表情的男孩不被覺察地走入了我的生命，深情注視我，又不被覺察地離開了。

他看見了我什麼，我永遠不知道，他的表情沒有說。

聲音情人

在神經語言學的課本裡，把人格分為四類，其中有一種人叫「聽覺型」。而大部分人類屬視覺型。

而我的朋友當中屬聽覺型的人，赫然只有一位，經常成為我研究的對象。譬如他常說我的聲音如何如何「好聽」，這在慣常以貌取人的「外貌協會」同志圈裡，絕對是異數。

而就有一個同志交友版上，版主無比深情地描述他記憶中，聽見童年家裡長工喚他的名字時的那種悸動，以至他今日仍被擁有一口低沉溫厚嗓音的男人所吸引。

「聲音的傳達比視覺慢……。」課堂上老師說，所以聽覺型的人反應及行事也比較慢，似乎較合乎現代人「慢活」的理想，而在感情更迭迅速至往往失速的今日世界，一個反應行動較遲緩的男人，會不會是一個更稱職的情人？

手機情人

有一個男孩在交往時，常在我手機裡留些作文似的文字，大部分是傾訴對我的感覺，很長，很快就佔滿了記憶體，還有更誇張的，是引用了整首我的詩，也不知是在網路上哪裡找到的——雖然覺得可笑，但還是很被這虛榮感打動，命之為「手機文學」——小部分是抱怨。

隨著交往的時間拉長，齟齬漸生，抱怨的比例也逐漸加大，加大到極致，最後一封終於是分手絕交信。

用手機留言分手，在同志圈很可招致薄倖輕狂的罵名——卻意外在過年時又收到他的賀年簡訊，一股想回叩給他的衝動，但又忍住了，趕快殺掉。

老狗學不會新把戲，我始終學不會發手機簡訊，想一想也好，不致招惹什麼罵名。

假蝴蝶雙飛格

在二〇〇八年初秋颱風天的週末，得到朋友贈票，趕了一場蔡琴的演唱會。會中她蕩氣迴腸地唱了一首廿五年前我填詞的「蝶衣」，撩起了我廿五年的記憶鄉愁。

那時初接觸歌壇寫歌詞，在詩人管管家認識了袁瓊瓊和蔡琴，那時兩人皆頗有「算命神準」的名聲，用的是紫微斗數——當時還沒有筆記型電腦代勞，袁瓊瓊隨身厚厚一大本筆記本，每一頁都是她細心排出的親朋好友的命盤（我當然也有幸「命」列其中），每有好友聚會聊天八卦，分享藝文圈內剛出爐的熱辣新聞或小道消息，從生老病死到外遇婚變，隨時便可以翻開來印證。

蔡琴當時對未來信心滿滿，而袁瓊瓊則對身邊誰是同志特別有興趣，且自稱可以從命盤當中看出端倪。

一轉眼竟四分之一個世紀過去了，當年對我命運的預言早已遺忘，四分之一世紀了，誰是同志誰不是難道還看不出？真是不勞紫微斗數了——倒是還記得後來蔡琴在主持頗受歡迎的中廣「日正當中」節目時，談到某友人的感情命是「假蝴蝶雙飛格」的說法。

假蝴蝶雙飛格顧名思義，就是有名無實的、外人眼中的完美夫妻（或情人），而事實卻全然相反。

在蔡琴低沉蒼涼的歌聲當中，或許是「蝶衣」的歌詞的牽引，在時光的無情見證下，在我心中竟勾起身世之感，一語成讖的嘆喟，終至潸然……。

政客的寂寞

他終於體會什麼叫高處不勝寒。

踏入政壇，揀對了主子，一路平步青雲，頓成媒體寵兒。他也不是不知道八卦狗仔的厲害。但既然下了廚房，就沒有權利喊熱。他知道在台灣這個「貌似」開放的社會，一但真有個什麼風吹草動，他的政治生命也就完了。

也不是沒傳說過他和他主子之間的關係曖昧，但他人前人後女友一個接一個，真正做到了滴水不漏，瞞天過海。

政治是高明的騙術，只有最高明的演員才能在其間如魚得水。
只是十幾年下來，入戲太深的他，大部分時間是勝任愉快的。
只有在最深最深的夜，他才清楚明白，他多麼需要一個男人的肩膀。

禍害

和Y醫師不算熟，只是同在一家教學醫院工作，又級別年齡相仿，又同住醫院附近，勉強算是鄰居，不得不相識。

和大部分我的同事一般，Y醫師約略知道我除了醫學之外，還有些外務。當他對我的「不務正業」的認知，還停留在「台北的天空」的歌詞寫作時，一切似乎還可忍受。偶爾在醫院餐廳遇見，他總還是十分盡責地問好寒暄，還介紹他太太給我認識（說她愛唱「台北的天空」這首歌），兼聊些醫院內人事變遷、誰誰誰婚姻出軌等等的小八卦，做人算是做得十分興頭的一個人。畢竟，我只是個與他無啥利害關係的同事而已，難得他也要如此費心敷衍。

但漸漸地，他得知於我有關的資訊似乎多了起來——譬如，我曾因為寫了像「××之必要」之類的詩而被封為「淫穢情色詩人」；或者我的裸照曾被放上報紙副刊此類頗值得被輕蔑唾棄的無恥舉動——之後，每次碰面的場合，便只見他愈發侷促不安起來。在同事間一向以健談著稱的他，在我出現的那一瞬間，可以馬上感受那突然靜默的氣溫陡降。

今年八月我辦了一次攝影展。給同事們的邀請帖早一個月便發了出去。一日和Y醫師碰見，苦無話題，只好力邀其參加我的攝影展開幕酒會。誰知他馬上面有難色：「不知……你這次展出的作品……是否合適……全家觀賞？」他鬢角整齊油亮的西裝頭，冒出了一層明顯的汗光。

喔，原來他把我這「攝影藝術」，也當作彩虹頻道之類有線電視節目，需要分級。繼而想，我的「品牌信譽」，何時在醫院裡竟已糟糕到這般田地？

之後十月便是我的詩被某劇場搬上舞臺。當我正拿著此劇宣傳品走入醫院附近一家餐廳，正好碰到他一家人也正好坐定，才點過菜。他和他太太抬頭看到我，兩人表情同時一慘，形同世界末日，六目怔怔相對了有好一回，我才奮力打破這沉默：「你們也來這裡用餐？太好了，那我就坐這裡好了！」而他們也才有如大夢初醒，連忙堆起僵硬的笑容：「……對，對，請坐請坐，一起坐嘛！」

我果真坐下，向他遞出一張劇場的宣傳品，還有一份劇裡頭所採用的詩。

Y醫師表情有些勉強地接下來，皺著眉瞄了一下，口氣十分不確定地問：「……這，是……別人採用你的詩……罷，」但結尾語氣又似乎並非疑問句，我也不知該不該回答。

然後他直接把這些紙張放下了，專心訓斥餐桌上兩個因飢腸轆轆而不耐的小孩。然而我又隱隱地多心地覺得，他這樣發怒，不過是想阻止我和他的小孩說話。

飯菜來了，他們一家四口也毫不讓讓，便直接埋頭大嚼起來。有好一會兒，我才發現，我方才遞給Y醫師的那一疊詩，正被他墊在他的飯碗底下，此刻，上頭已經油漬湯汁淋漓。

我安靜吃完了我點的一碗麵。

餐中十分安靜，只有他訓斥小孩的聲音。

吃完麵我禮貌地告辭，可以看見他們夫妻倆從飯碗裡抬起頭來，是同時大鬆了一口氣的表情。

他們真是「夫妻同心」的表率呵。

我離開餐廳時，不禁這麼想。

衣櫃裡的祕密

當衣櫃裡快滿溢出來時，我總是倉皇不安。

曾有一位朋友引用書裡的一段話鼓勵我：把房間清出來，才有感情住進來。

而我的房間裡，最多的就是衣服——而衣服居然還和我的感情犯沖！沒錯，衣服深藏記憶，我佩服那種可以隨手將舊衣拋進回收箱裡的人。

但為了感情故，也只好學習著丟。

也只有在檢視衣櫃的同時，才發現許多平日忽略的祕密。

譬如，誰在什麼時候留下了他的T恤和運動襪忘了帶走，而誰又在冬天穿走了一件我心愛的夾克——那是一件水兵藍的尼龍衣夾克，特點在口袋設計成毛線袖口狀，又別緻又保暖。

而衣隨人走至何處了呢？

追尋一件又一件衣服的下落，像是追討著一段段逝去的情感。

而最不可思議的是，那天路過地攤買了一件平素最厭惡的深棗泥色的毛衣，穿上了立刻又脫下，不久便找機會送人了。

為什麼？思想了好一會，才明白，在哈佛時一位短暫交往的男友曾送我一件類似顏色的sweater，當那年的耶誕禮物。

愛屋及烏？我的衣櫃裡真的找不到一件深棗色的衣服。

衣櫃裡深藏著感情的祕密，誰說不是呢？

真實的電話號碼

在大賣場買到了一部已經不新的同志片：*Trick*。原只想打發時間，加上那個可怕的中文譯名：天雷勾動地火，原先期望並不高。誰知電影處處充滿神來之筆，將兩個年輕又萍水相逢的紐約同志，一夜折騰卻無處可做愛的難堪處境，描繪得淋漓盡緻。其中一句「你怎能叫『一夜情』明天晚上再來？」令人絕倒。而最堪稱奇的是那位飾演脫衣舞男Mark的男演員，舉手投足活脫就是Gay到骨子裡去的混吧同志樣，上網一查，他的個人網頁上卻明文性取向為直男（Straight），叫人納悶。

而片尾男主角得到了Mark的「真實」電話號碼——之前他已在酒吧裡收到過太多假的號碼，當他試著打去，聽到那頭一聲：「Hi，我是Mark，請留言。」時，那一臉幸福的表情，十足具體了何謂「牲犢之愛」（Poppy love），更勾起了我年少無數甜蜜回憶，明白為何夏宇說：

我只想當個毫無經驗的男人。

一種毫不自覺的幸福狀態。

是的，一個號碼，代表了一個希望，渺茫，艱阻重重，但卻是貨真價實的一線牽繫——我年少時曾經這麼認真地想。

我的MAMMA MIA

週末飛到香港欣賞了歌舞劇《MAMMA MIA》。

開場前我的座位左首手牽手走來了一對情侶狀的年輕男女。仔細看，才發現那男孩是女孩。

右首則坐了兩位說韓國話的中年人，外表十分粗獷，不太像是會看音樂劇的類型。

開場後隨著ABBA的音樂，我發現女孩漸漸躺入了那「男孩」的懷裡，而兩個韓國男人則手緊緊握在一起。

整齣戲在「MAMMA MIA」的熱烈歌聲中結束時，所有觀眾早已起身狂舞。我在臺上臺下融成一片的歌舞聲中，感到了一種莊嚴且神祕的、超越國界、性別和現世的感動。

閨中密友與書生書僮

淒風苦雨中讀才出爐的《小團圓》，捨不得快讀，只想一路把多年以來對張愛玲生平的許多理解的缺口，一一補綴起來，一邊讀一邊時空人物定位，十分辛苦。其中最不滿意的當然還是胡蘭成的部分，但以張一貫用字之儉省，也稱得上「一字千鈞」了。而意外的是，書中炎櫻和她母親跳了出來，佔掉大部分篇幅。尤其是炎櫻，港大時兩人要好到她母親警告她：不可以被她操控。顯然兩人「同性戀愛」的傳聞越洋從香港到了上海（她母親的關係人脈甚至隔海鋪到了港大教員裡，想必張身邊不乏眼線）——而張也不忌諱，詳細描寫在宿舍裡和炎櫻兩人互相較量小腿。

西方法律明文廿歲才能確認同志身分，張和炎櫻顯然還在邊緣上，炎櫻早早發育得前凸後翹，濃眉大眼，性格亦男子氣，因為印度血統膚色黑，顯然和中國傳統美女沾不上邊，和張正好「黑白配」。而張除了喜好「年紀大的男人」，其實也羨慕獨立爽朗的女人，如炎櫻、蘇青和姑姑。青少年對性向及身體的迷惘本可以理解，女校中「同性戀暗流」彼彼皆是，像另一段有人代傳話，張另一位女同學有次和張一起搭校車，坐在張隔壁就近打量她，覺得她美——大概張覺得很少人這樣說她，還撇清傳話的人是好意，因為她「一向缺乏自信」的緣故。這其中值得推敲，如果張與炎櫻被視為校園中一對，而且炎櫻顯然較為強勢，其他人想介入，也只好用這樣堂而皇之的理由。後來日軍攻入香港，港大停課，炎櫻被派入防空小組遠在灣仔，還一邊躲炸彈一邊走來圖書館找到張，可見兩人的交情。很驚訝張之後很少再提起炎櫻——女人過了那年紀，各自戀愛婚嫁，很可能便醒悟不宜再這樣公然「姊妹淘、手帕交」下去，校園時代的感情成為伏流，便也再沒有「故事」可寫。

有趣的是張家男人也都是有「書僮」的。對此張未多著墨，倒是她和母親、三姑住一起之後，才知道親戚間戲言「母親三姑鬧同性戀愛」——她母親搬入姑姑家才十五歲，又是出名的美人，姑姑也承認愛她母親——事後獨身多年的姑姑見張因受胡蘭成牽累，足不出戶，還嘀咕：別跟了我住全部成了獨身主義——老了她才出嫁。可見時代的氣氛普遍不把這當一回事，否則巴金不會寫他父親娶了戲子當他繼母，他放學回家一看，赫然是個男人，在家中依然對鏡梳髻，著女裝打扮；而徐志摩、胡適、汪精衛三人同遊中南海，胡適可以當眾對汪大喊：汪精衛我要娶你——本來中國男人便沒有負心的必要，有本事家裡三妻四妾，外頭還是可以有男朋友。而福建男人依習俗可以有「契兄契弟」更不在話下。張自小熟讀紅樓夢金瓶梅，不會不知道賈寶玉西門慶也愛男人。

而胡蘭成的「三妻四妾」團圓美夢顯然沒達成——「人情」是他四處囤積的資本，其中也包括男人。像一無所有的母親囤積著女兒，趁嫁女兒海撈一筆。愛情的千迴百轉，撲朔迷離，外人看著自然是各取所需，各自解讀，而我在《小團圓》裡，多看見了這個。

猛男佔領健身房

他永遠忘不了那一個冬日清晨的無人街角，他犯下的他一生第一個偷盜罪行。

他還不滿十八，起碼心理年齡是，他強壓住那就要跳彈出胸口的心臟，在第一班公車尚未發駛前，來到離學校大約步行三十分鐘距離的那間鐵門拉下的健身房，將他門上張貼的那張海報，細心地撕下來，藏在宿舍書架上一本大開數的書本裡。在寢室無人的時刻，偷偷展開來欣賞。

多年之後，他才知道海報上那擺出「雙二頭肌」（double biceps）姿勢的健壯男人，正是年輕時代的阿諾。之後看了導演楚浮的《四百擊》，才知道童年的楚浮也同樣幹過偷海報的事，不同的是他偷的戲院的電影海報。

他也永遠忘不了國中時代第一次在電視的週末電影院，看到由四、五〇年代的美國及宇宙先生史蒂芬．理夫（Steve Reeve）及其他肌肉男星所主演的一系列「海格力士」（*Hercules*）冒險電影時，那種血脈賁張，氣沖腦門的感受。多年後當他在美國連鎖書局裡發現一整套近十卷的海格力士老電影錄影帶時，簡直喜極而泣。

他也永遠忘不了國小升國中那年去看了李小龍的《精武門》，在黑暗戲院裡兩個小時，被李小龍裸露的半身精肉及那猶如野獸的嘶叫聲，所帶起的有如做春夢般茫然的悸動。當然還有更令他困惑的張徹武打電影，他不明白所有古代的江湖俠客們，為何都必須穿著低胸V字領的短打，大塊露出那千錘百鍊的胸肌及中間那深陷明顯的一道「乳溝」來。那時他的夢中情人是狄龍，那張英氣勃發的臉，在當時他看來是天下第一，和女星當中的林青霞，堪稱雙璧，同為人間極品。

他也永遠忘不了國小時代，由父親帶著全家一起去看好萊塢的泰山電影，那位橄欖球員出身的泰山演員叫麥克，亨利（Mike Henry），黑髮壯碩，一張方腮國字臉，一連主演了三部叫座的泰山電影——《泰山血戰紅河谷》、《泰山大戰黃金城》及《泰山與叢林男孩》。他事後回想，他大約就是在看那部《秦山與叢林男孩》（*Tarzan and the Jungle boy*）的當下，確定他是喜歡男人的，而且是成熟父親型的肌肉男人。當泰山在電影中擁抱那失散多年的叢林男孩時，才六歲不到的他，竟不禁輕微地嫉妒著。

他不知道，他那樣的對男體的羨慕和嫉妒，在成人的世界裡，早就發明了一個名詞，叫做「同性戀」。

他只知道他愛這樣的男人，這樣的男子氣概，和體魄，他也想擁有一副這樣的身體。愛這樣的男人，和擁有這樣男人的身體，於他是同一件事，他也不知道這在心理學上，同樣有個名詞，叫「自戀」症（Narcissism）。

然而命運照例在這件事上開了他許多玩笑，包括，他自國小一路上至大學醫學院，都是體育補考。上天慷慨賜給了他超會考試的頭腦，卻吝於施捨他全身上下任何一丁點可稱得上壯碩的骨骼或肌肉。他一邊暗戀著班上的排球校隊足球健將等等等的，一邊發奮每天固定做乏味至極的伏地挺身、仰臥起坐、跳繩、跑步、舉二十磅啞鈴，卻毫無功效——倒是運動後的大吃，使腰上肥油如實地與日俱增。

而當他第一次發現身邊有「健身房」存在這回事時，學醫的他早已過了人生的肌肉發育黃金期。

而當大型連鎖健身房正式以參加會員的模式，如雨後春筍般冒出來時，他剛好身在波士頓哈佛醫學院進修。美國同志對健身房如宗教信仰般地虔誠，每天下班後四點半報到的準時，在在叫他看傻了眼。夏天去到號稱全美三大「同志首都」（gay capital）之一的Province town，或是雅痞同志麕集的紐約東村區，看到全城走在路上的同志儷影雙雙，才知道那鼓脹到直要撐破襯衫的兩塊古銅色大胸肌和六塊隨呼吸在皮膚下滑翔的堅硬腹肌，根本只是做為一名同志的起碼門檻而已。

二〇〇〇年回國當他辦好了他生平第一張健身房會員卡時，他也同時發現國內同志也不遑多讓，幾乎所有健身房早已被同志們搶先佔領了。

然而一向寡言少八卦的他，竟也聽到了許多健身房浴室、蒸汽房裡的淫亂流言，同時卻也深深懷疑起：為何他自己從未在淋浴時遇過這樣的「好康」？

意志力和肌力同樣薄弱的他，為了貫徹改善身材的決心，決定花錢聘請私人健身教練。而當他身邊友人紛紛傳出和教練們的曖昧戀情時，他的教練卻成天和他抱怨他把的妹妹不理他。

而更令他沮喪的，他發現健身房裡相當養眼的猛男中，竟有相當比例被稱做「金剛芭比」——而且其「芭比」的程度，通常也和其肌肉發達度成正比。

他親耳聽見衣帽間裡傳遞著交換電話號碼的聲息。

不只一個他的朋友興奮地告訴他：他和他Lover就是去年在健身房認識的云云。

而他參加健身房掐指算一算也已超過五年，而他發現他自己，他的的生活，還有他身上的肌肉，這五年來都沒有太大的改變。

健身房顧名思義是要人健康，而他因此變得更「健康」了嗎？他很驚訝那天在骨科門診接連遇見兩位健身教練來看關節受傷。

曬陽機傳出了過度的紫外線曝曬可能致癌的消息。

高蛋白飲食據說傷腎。更不必說施打類固醇的種種副作用了——你瞧許多健美冠軍不都早早就掛了?!

更危言聳聽的還有跑步機的電磁波超量。

然而這一切的一切，為了打造一副如無敵鐵金剛般無瑕的肉身，都是值得的，他想。

五年之後他還是照常進健身房，但似乎做有氧的時間變多了，重訓的時間少了，也不吝於擠在眾多婆婆媽媽當中做做瑜珈，平衡一下體心靈。

當然偶爾聽見那一身汗水、幾乎一絲不掛的肌肉男在做艱難的胸前推舉時，所爆發出來純男性的吼聲，難免還是會有所心動——但，他也確實覺得，有點累了。

「當一個Gay，有必要把自己搞得那麼累嗎？」他自問——除了整天忙於應付來自異性戀世界的眼光之外，還得應付來自同性戀的……

他不得不承認，他隸屬於的族群是多麼多麼的肉體歧視。就在健身房。也包括他自己。

這就是佛陀所說的「共業」罷。他想：健身房就是同志們的「共業」。當他站在統領加州的樓上向下看，那成千上百個肌肉男共處一室共同揮汗重訓的壯觀景象，無寧是驚人的，叫人不能不承認，這業力的巨大不可違抗。同志的業。

他回想起多年前在當他偷偷撕下阿諾海報的那一刻，其實，此生他的「健身」如幻之夢，早已註定，早已成形……。

我於青春無悔

——寫給Allen，以及那些葉落歸根的同志遊子們

轉眼之間，Allen已經辭世逾十年了。

與Allen結識的五年間（1991-1996），正好是台灣真正和愛滋病迎頭撞上的五年。一九九一年台灣年度新增愛滋帶原人數首度破百，這五年間感染人數（官方數字）年成長約三倍，而死亡人數卻大於十倍。一九九六年雞尾酒療法正式報告出爐，Allen卻也於此時病逝。

青春的滋味如何？如果，你的青春歲月是一位一位風華正茂的朋友在你身邊相繼凋萎？是每一次激情擁抱之後死命漱口刷牙並連續三個月抽血無數證明自己仍是潔淨之身？是每一次打開電視看見愛滋新聞便要在心裡盤算一次自己的告別式或是安排如何就此人間蒸發？

但最折磨人的，卻是你如何在你深愛的人面前，顯露出你的懷疑？——你上次驗血是什麼時候了？最近可變消瘦？每次你都採取安全措施了嗎？襯衫解開來讓我看看可有卡波西氏肉瘤？

每次盯看著對方的眼神，身體和表情，看見的總是自己的恐懼，以及死亡——和性，和愛永遠牽連在一起的死亡。

而什麼性啊愛啊，以及其無數荒誕可笑或也並不太荒誕可笑的衍生物，不也正是每一個人一生僅有的青春，所必然奉行的主題嗎？

當然還有羞恥，罪惡感，在那個深信「愛滋是同志的天譴」的年代，在衛生署還在以「生者難堪，死者難看」恫嚇的時候。在一切陰霾都還沒有「雞尾酒療法」的一絲曙光來穿透的悶局裡。

他是在那樣的時代背景及氛圍裡，認識了Allen——他們同在一家教學醫院工作，他才第一年住院醫師，Allen已經總住院（第四年）醫師了。

他害羞，自閉，在人群中極度不自在，而Allen開朗活潑，善體人意，隨時隨地談笑風生，廣結善緣，又加上學長學弟的關係，兩人的週末經常是一起在餐廳，電影院，舞會或同志酒吧裡渡過的。

而他經由Allen和其他朋友，逐漸有了屬於自己的社交圈，更和Allen一時興起，吆喝一群同屬醫業的同志朋友，組成了一個社團就叫「台北同志醫生俱樂部」（Taipei Gay Doctor Club，簡稱TGDC），資格以醫師及牙醫師為限，每月定期一個週末，輪流在一位醫師家裡聚會，全盛時期會員竟超過廿人。

然而愛滋的陰影同時也隨伺在側，以耳語或謠言或傳聞的方式，在他看似無憂的青春歲月裡，隨時見縫插針，四處萌芽。通常是以「誰誰誰好像得了愛滋病」為始，而以「從此和所有的人失去聯絡」為結。那個時候，似乎獨自躲在不為人知的一個角落安靜地死去，是愛滋病同志理所當然的人生結局。

然後，他認識了Liam。之後又遇見了Yate。Liam成了他無話不談的好友，而Yate卻是他暗自戀慕的對象。

Liam和Yate條件背景十分相像——兩人年紀相仿，約莫四十初頭，正是男人展現成熟魅力的年紀，又都生得高碩英挺，且英文流利，識多見廣，又都在美國工作居住多年。

Liam永遠一身齊整的西裝外套搭配合身的牛仔褲，一絲不亂的旁分西裝頭，身高逾一八五，經年打網球的身材，舉止文雅，談吐脫俗，熟識了之後他還展示他在美國華盛頓州家中的生活照。他的伴侶卻是位胖大禿頭的猶太人，兩人同居在市郊一處有游泳池及美麗風景的豪宅裡。照片中兩人貌極恩愛，典型好萊塢電影中的中產階級精英模樣，當時真是羨煞了這一群愁困在台灣同志圈裡，又找不到理想伴侶的小東方同志們。

而Yate條件更加駭人，聽說他第一晚出現於當時台北最紅火的同志酒吧「名駿」時，立刻引起一陣騷動。在那台灣同志還不習慣標舉身分的年代，他開風氣之先，蓄著短削精悍的海軍頭，皮膚熨得銅亮，臉卻酷似五〇年代香港電影裡的小生，沉默時憂鬱，笑時卻是芒光萬丈，眉宇間英氣逼人，加上兩塊胸肌高高地將他緊身的Polo衫頂起——不必多加打聽，自然有人來報，他原是台灣駐美的一位外交武官。

在一個大夥共同吃飯飲酒的場合，有人偷偷代為傳遞給Yate他愛慕的訊息。只見Yate在人群間遠遠回頭望了他一下，之後也沒有什麼動作，他便隱約明白了Yate的意思，不再表態，只維持「普通朋友」的狀態。

認識Liam不到一年，一日接到Liam電話說他胃痛了好幾天，幾乎什麼也吃不進去，聽一向爽朗的Liam出奇焦急的口氣，他立刻要Liam到醫院來找他，一見面發覺才幾個禮拜不見，Liam整個人瘦了一大圈，天氣並不冷，但Liam身裹著北國冬天才穿的厚長大衣，面色紙白。他立刻帶Liam先看腸胃科門診，不料那門診醫師看Liam如此蒼白，建議抽個血紅素看看。結果出來赫然血紅素值不到八，立刻安排第二天做胃鏡，懷疑他上消化道出血。

不料Liam從此音訊杳然。

電話永遠空響，而他們雖熟，卻發現沒有一個朋友知道Liam住在哪裡。他狂打電話一陣，最後也放棄了。數個月後，他居然收到一張寄至醫院的訃聞，「是Liam！」他幾乎驚呼了出來。

但他終究沒有參加Liam的告別式，不為什麼，隱約已經猜到是怎麼一回事。而年少的他，此刻只想把頭轉開，告訴自己他不想知道。

只是又幾個月過去，更令他震驚的事發生了。

Yate也死了。說是已經死好幾個月了。而且就死在他工作的醫院。他當時第一個反應是：為什麼他們能死得那麼安靜悄無聲息的？彷彿偷偷摸摸把一切都事先安排好了似的?!接著眼前浮現那醫生護士全身包裹得像太空人，迎接愛滋病人住院的荒謬場面。

他驀地想起數個月前也就是最後一次遇見Yate，是在新公園裡。那時已近子夜了，他正要從面衡陽路那個旋轉門離開，卻瞥見Yate一個人坐在水池邊的椅子上，他趨前向Yate打了聲招呼，在他身邊坐下來。兩人聊了什麼已完全不記得，只感覺Yate人瘦了，顯得原本黝黑的皮膚更加黑不可測。不知為什麼，他直覺Yate說話的語氣有些莫名的悵然。

他桀然而起，是巨大無可言喻的哀傷，但更多是憤怒。他知道他不可能再不去看見這個事實——原來，Liam、Yate，可能還有更多從美國或地球其他任何角落回來台灣的同志，在愛滋橫掃全球之際，放下了他們原來的工作，離開他們心愛的伴侶，捨棄他們早已熟悉的生活，回到了他們出生，成長，求學的台灣。目的無他，只為了葉落歸根，只為了回來等死。

Yate和Liam的死，突然間讓許多原先存在於他心底的謎團頓時都得到了解答。包括他們為何如何放得下多年的伴侶，更重要的，為何他們永遠只是混在台灣的同志酒吧裡，聊聊天看看人，打發些時間，而從沒看見他們認真談過戀愛，或有過伴侶。

而他，還有他們這一群朋友，或說整個台灣那一個世代，就為何矇昧愚騃至此呢？就沒有人看出他們那種對生命已經脫鉤鬆手的態度？一個個回家鄉等死的人，能要求他們什麼？

而又為什麼是他活該倒楣，接連讓他碰到兩個？

而在96年的夏天，Allen也接著離開了。

在Allen走的前兩年，足足有整整兩年，他整個人低盪盪地，彷彿執意讓炙熱熱的有限青春從他手中憑白流逝，他甚至希望他能夠也隨便得個什麼癆症癲病的死去，死前且先把這害人惱人的青春活活用雙手掐死，圖個同時雙雙氣絕。在一個又一個他可能愛上的對象之前，他發覺他已沒有勇氣真正去愛，他只有賴活，只能賴活，接吻時牙關永遠緊緊咬著，每一次性於他都是一次巨大的絕望、椎心的挫敗和無情的嘲弄，重覆證明著他只能苟活，不能愛，不敢愛，不配去愛。

兩年間他逐漸疏遠了Allen。

有一次他發現Allen兩隻手臂爬滿了深色的痂痕，Allen只淡淡回他：是蚊蟲咬了。他也傻到沒想起那有可能是卡波西氏肉瘤。兩人甚至還一同去參加醫學院主辦的「為愛滋而走」（Walk for AIDS）活動，看見了當時歌壇正紅的「愛滋大使」——周華健，拿他當偶像。

當他得知Allen罹病，他真的是逐漸疏遠了Allen。雖然他們曾經是那麼要好的朋友。事實上是，他也疏遠了他生命當中的一切真實。

還有什麼更恰當的形容詞？行屍走肉？

有一回希望工作坊找他座談，會前意外地播放了一部有關愛滋被單的紀錄片（注：現在回想起來，是勞勃．伊芳普斯汀執導的《人人手中線：愛滋被單的故事》，*Common Threads: Stories From The Quilt,*

1990），他竟一時情緒失控，在演講臺上當眾放聲大哭。是的，只有能哭的時候，他才能感受他似乎還有一口活氣。有一段時間他是絕對不能聽見、看見或想起，任何與「愛滋」有關的任何事物。或僅僅是「愛滋」兩字——一碰到便是鼻頭一酸，淚水淋漓而下。

明知時間有限，而他就是無法親眼再去看見Allen。

後來他聽說這兩年間，Allen都是如何一個人乘坐公車去醫院看病、拿藥。有時體力太差，回到家樓下已是力竭，他又都是如何雙手扳著樓梯欄杆，一級一級掙扎踩上樓梯回到家門口，渾身汗水虛脫也咬牙不讓父母知道。

待他再見到Allen時，不到兩星期後Allen便走了。

當他接到電話說Allen可能快不行時，他倒也沒有太多猶豫，立刻便決定要往他的病房走一趟，彷彿此時再多忍他一忍，便可無愧地放手了。

已兩年未見的Allen平靜躺在白色褥單的病床上，明顯瘦削了許多，甚至可以「身薄如紙」來形容，但模樣其實和他記憶中的相差並不大。一張直髮覆蓋過前額的娃娃臉，深邃的褐色大眼，白裡透紅到幾乎要看見血管的皮膚，那雙彈琵琶得過全國冠軍的秀氣的手。Allen看見他來也只是淡淡地笑談，整個人神情氣色看來不差，他當時幾乎以為這是個玩笑，Allen健康其實還好得很，根本還沒有到要走的時刻。

陸續有些昔日醫學院的同學及學弟妹來看Allen。有時病房裡充滿了同學會式的笑語。有時又安靜了下來，家裡請的看護在一旁低聲抱怨，昨晚半夜睡著時，口袋的錢被人摸走了。

「我也完全睡著了哩，沒有聽見有什麼外人進來。」Allen神情彷彿愉快地說。後來查明是有歹徒偷換了藥，讓Allen昏睡過去。

不知為什麼這麼嚴重的事，所有的人都只引為笑談。

他有時坐在Allen床邊和他聊天，說話時雙手只環繞胸前，看著Allen，像看著具體活生生的一具「死亡」。他的手指謹慎地收在身後，害怕觸碰這病房或褥單，或Allen，或任何可能沾染病毒的地方。他只記得他說了又說，在Allen面前，他害怕突來的靜默，眼神的接觸，甚至是清晰可辨的自己的呼吸聲。他害怕在Allen面前洩露自己的害怕。

他離開病房後，也並沒有任何如釋重負之感。因為Allen在他心中早是已經死了。而已經死了的人，何苦還活那麼久來折磨還活著的人？他把這個念頭壓得很深很深，深到自己幾乎都無法覺察。

之後他又去過病房幾次。然後Allen便走了。每次他的手指都緊緊收在身體後頭。

之後沒有任何公開的儀式，遺體據說是馬上火化了。又聽別人說，Allen自己也覺得活夠了，上天畢竟待他不薄，世間種種快樂他都嚐過嚐夠，等等等。

而他直覺這不像Allen會說的話，更不會是他的遺言。他更忿忿地想：Allen怎能如此超脫？怎能遺忘了這人世間還存在一個懦弱的、自私的、賴活著的朋友，需要他原諒？Allen一定是知道且介意的，他們曾經是那麼要好的朋友。

而很快一九九六年便被世人遺忘，一九九七年的四月，台灣引進了雞尾酒療法。

那年的國際愛滋日，有人提議要為Allen縫製一張被單，他被推舉為被單設計人。當時他正忙著趕辦出國進修的諸多繁瑣雜事，抽空木木然提筆在紙上大筆一揮，隨意勾勒幾筆，便急急送出，自然有人照著裁製。事後他卻完全忘了他畫過什麼。那可是紀念Allen的被單呵！

也直等到多年以後，他歷經了更多人事滄桑，才隱約明白了他終究還是沒有辦法完全活過來。坐四望五之年，常自嘲要「努力抓住青春的尾巴」，但他始終不能明白的是，命運曾經交付給他的，究竟是怎樣的青春，他倒底要從中抓住些什麼。不曾大死一番的人，自然只值得平庸猥瑣，談何死地復生？

「當時……。如果怎樣，怎樣……便好了。」他有時會不能自主地這樣那樣想。他印象最深的是，他永遠收在身後的手指頭。

是的，如今他最需要的是一個擁抱，手指遠遠向前伸出的擁抱。一個簡單的，誠意的，真實的擁抱。身體必須是向前的，臉頰感受得到對方體溫的，手指扣住了背脊的，那樣一個結結實實的擁抱。如果今生他無緣得到，最起碼，他必須給得出。

是這樣的一個擁抱：

「安息罷。Allen。」

多年以後他聽見他自己無聲在說。卻像在安慰著自己。

多少次他回到他懼怕進入的愛滋病房，他看見他自己正緊緊擁抱著渾身病毒、垂死的、身如紙片的Allen。在那張雪白床單的病床上，Allen在教他擁抱。

是的，必定是這樣。Allen微笑著告訴他，這是他這一生最最珍貴的學習：你必須學會及時擁抱。如果可以，在擁抱時流淚，因為被擁抱的對方看不到。

如今他終於可以擁抱自己。

青春的滋味如何？他曾經嚐到的儘是死亡、恐懼、孤獨和羞恥。怨上天待他何其之薄，要如此不堪的青春何用？

而經由認識了Allen，和Liam，Yate，及那些不斷消失著的生命，他終於明白，青春其實是一份意味深長的禮物。

男湯記

穿過上坡一路靨集的溫泉餐廳，在近山腰處折下溪流切出的山谷，腸徑突然消失了柏油路面，似乎暗示著再下去就沒有人管了，文明的盡頭。

那些附設著浴池的餐廳都歷史久遠了，前幾年才聽聞要被當違建拆除，不知為何又沒有了下聞。遠遠大白天的也聽見妖嬈淒楚的日本演歌播放，卻是門扉深掩，到了晚上剎時一片燈火輝煌，人聲鼎沸，像煞《聊齋》裡的鬼塚。

但現在還是白晝初啟，看得見這處山谷像生了癩病似的，突出的膿瘤是湯屋，四溢的膿汁是溫泉。

一面山壁被垂直削平，露出白中帶黃的硫磺，汩汩流出的泉水聚在低處冒著白煙，一股雞蛋發臭的味道迎面撲來，再走下去就令人開了眼界：全是密密麻麻的管線，像抽血的管子般汲取著地下的溫泉水，送往方才經過的那些溫泉浴池。

再沿溪往下走，就很類似台灣鄉下的一般山路，路旁有水泥草率糊成的各式神像，土地廟，蹲在地上販賣「自種高山蔬菜」的小販，還有隨意搭起棚子賣吃食的攤子。

遇到的第一個水泥建築便是了，分別在一座小水泥橋的兩側，分開了男女。友伴以眼示意，遠遠可以看見水泥建築屋頂上出現的幾具紅通通的，老年男性的裸體，正叱喝著做體操，或伏地挺身，或舉啞鈴。

「早告訴過你這裡簡直是老人天體營。」友伴瞧我一副下巴快脫臼的模樣。

建築本身很有年紀了，半跨在溪水上，爬滿了青苔和硫磺垢，綠與鏽黃構成一股說不出來的陳舊骯髒的氣息，登上幾步臺階，在門口成了居高臨下，對塌陷著展開的室內一覽無遺。地方不大，不過卅來坪，溫泉池冷熱就各佔去了大半，其餘就滿滿是或站或臥，裸體的老人。還有地上散置的啞鈴，鐵鍊和石鎖，令人聯想起報紙上的壯陽術廣告：下陰吊重百斤。三個老人以綁在陽具上的鋼索合力拖動一輛卡車什麼的。

所有的目光頓時全投射過來，針扎似的。只因為你是新來的陌生客。在這樣的目光下寬衣解帶，特別感覺全身涼颼颼地。此刻心生一絲後悔，但眼角瞥見友伴卻已熟門熟路地一骨碌脫個精光，心中暗聲叫慘，也只好硬著頭皮跟著脫。

待脫光了才發現沒有置物櫃，一面牆一排掛勾密密麻麻掛滿了所有人的各式衣物包包，鞋子就脫在門口——想必來泡溫泉身上不會帶著什麼貴重物品。

然後所有的目光皆指引著你先在一旁水龍頭處洗浴淨身。手拎著塑膠袋裡取出的毛巾，半遮著私處走向洗浴處，幾步路程彷彿有幾百里。友伴看我面色沉重，使著眼色：不要錢的地方你能要求什麼？

邊洗浴邊打量著室內細部，為求通風，面山壁的窗偌大地洞開，也免春光外洩，其餘皆是牆，室內黑洞洞地中央懸著一管瓦數不足的日光燈，燈下的裸身蒸著熱騰騰的水氣，朦朧間一對對紅絲飽脹的眼珠竄著烏光，彷彿在告訴你：「此湯是我開」的炯炯敵意。好像在有線電視動物頻道上看過，一群猴子漂流到一處荒島上，從新建立起族群的社會階級和權力架構，直到有一個「猴王」重新產生為止——那過程無寧是殘酷的。這裡的「權力架構」似乎是愈老，泡湯歷史愈久，或愈耐泡，地位便愈高，愈享有發號施令，「指導別人如何泡湯」的權力。年輕又細皮嫩肉又無泡湯資歷的小猴子如我，只能位於男湯社會的最下層。沒有理由地，一種文化的隱潛規則。

一旁似乎有人在洗頭，因洗髮精的泡沫星子四濺而被叱斥了。另一個人的毛巾因觸碰了池水也遭訓話。

友伴幾乎是半強迫地把我拖下了溫泉。當下只感到身子一麻，似乎被拋進了滾沸的麻辣火鍋裡，低低哀叫了半聲，立刻又跳出了池子。這些，當然都被看在眼裡。

「下了水以後，一直保持不動就不會覺得燙。」友伴一副老資格的口吻，但水中的他額頭也立刻冒出了汗珠，脖子上青筋猛爆。

但一旁有人實在看我們不順眼，終於發難：「不會泡？這樣的水哪裡算燙？不燙又怎麼會有效？」

我不發一語，又下去半分鐘不到又上來，心想：不過是圖泡個舒服，又不是治病要什麼有效？

「是不會說台灣話嗎？」有人對我的沉默發出更嚴重的警示。

友伴忙過來解圍：那麼去泡冷水池好了。可是我腳一伸進去又立刻縮了回來，冷水池子簡直像一塊冰——天啊，是誰發明這種泡湯方式，根本在自虐。

只好又踅回到熱池邊，隨意用手掬些水洗洗身體。

而池子中一些老人就硬是可以一下水，便好長功夫一動也不動，也不起身。一顆顆禿光或花白頭髮的頭顱漂在青白色的水上，像載沉載浮的西瓜，露出暗紅的肉，黑色的密密麻麻的籽是汗粒。

偶一抬眼看見池邊一塊白底紅字的壓克力牌子：有心臟病高血壓糖

尿病請勿入池。

莫非，有人在這裡出事過？

當下突然就覺得好過多了。不知道為什麼。

但這裡的老人都一副不服老地努力現出廣告上「一尾活龍」的模樣，離開了池子有的人當場做起伏地挺身，有人瑜珈，彎曲著身體展現傲人的肌力和柔軟度。第一次有機會如此鉅細靡遺地瀏覽過這麼多老人下垂的烏黑的性器，和彷彿烤熟的黑鮪魚色皺塌的皮膚和屁股。

「屋頂上還有呢……。」友伴見我實在泡不來，便也離池要我跟他上陽臺，再爬一小段階梯，便可上至搭了布棚的屋頂。

有人在上頭打拳（當然也是赤裸），一旁還有人圍著一座小爐泡茶聊天，當然，也都赤精大條地。更駭人的是還有單槓和槓鈴，所有不適合老人的運動器材。

此時涼風習習，斜靠在棚下的木頭地板上，大腿兩胯之間很快便也乾爽了。

走罷。

看見一個年齡與我們相若的男體也上了陽臺，正背對著我們做瑜珈，臀肉上明顯有一塊粉色的癬。

走罷。心裡在說。

正待擦乾身體穿上衣物，池子裡幾位老人突然發出巨大的，有節律的似呻吟的聲響來。「是水太燙了？」，我想絕不可能，但聲音愈來愈大愈急促，純雄性的，近乎心恍神惚的極樂境界的，其中又似乎有著痛苦；痛，並快樂著；一種邀請和展示。

吼——吼——吼——吼。我登時明白了，那陣陣從氤氳白煙裡輻射出的懾人音波，只有在A片裡聽過。熱湯、裸身、規訓、懲罰，一群大清早爬完山泡湯的老人，浸泡在精液一般滾燙的池水裡，肉體不能，但心靈發出巨大的近高潮時的高頻叫喊。吼——吼——吼——吼。一聲急過一聲。

我穿好衣服背對著池水及水中的頭顱，在老人的近乎高潮歇斯底里的吼叫聲中，離開了。

「還好嗎？」友伴在後頭追上來問。我點點頭，覺得筋骨肌肉的確感覺鬆開了。但說不出的，我就放在心裡多琢磨，沉澱一會兒。

是的，我確定，那是一種被強暴過了的感覺。

輯五 切片

心中突然有一種濃得化不開的，但卻說不出所以然來的悲涼感，
沉沉地壓在胸口。灰似鉛塊的三月天空，似無若有的寒風從臉上拂過，
我不記得當時我頰上是否淌下了眼淚。如果有，我相信，
那也是說不出理由的罷。
只是為了想哭而已。

把政治當作最高價值的台灣，的台灣人，似乎不再那麼可愛了。
潛意識裡似乎知道原本某種其極珍貴的東西，
從此被撕裂了，毀壞了，丟棄了，永遠再也找不回來。

電梯情

上班時間，有人搭電梯只搭一層樓，他最恨。

通常那時電梯裡已塞了滿滿的，門即將關上，一隻手硬生生伸進來，從門縫裡將即將闔起的門擋開，也不管電梯裡已有多擠，就硬擠進來，使得人與人原本刻意隔出的距離被打亂，大家低低「唉」了一聲，人體凸出的部分紛紛因此而擠壓碰觸到，萬分尷尬——

但那人一臉無表情地理直氣壯。

然後一層樓電梯像走了一年，門打開人像擠爆的沙丁魚般跌出來，但只走出一個人——就是那個剛才最後擠進來的那個。

電梯又恢復無表情的靜默，但他知道每個人都在無聲詛咒他：

屁股像大象。腿最好是斷掉。坐電梯有一天跌死。

深藍色世紀末身心靈派對

他被鼓勵吞下一顆深藍色小藥丸。

其他被邀請來的男男女女也紛紛吞下一或半顆。

現場有一種深切期待什麼有趣事情即將發生前的特有靜謐和鄭重的詭譎氣氛。

「事先不要吃太多油脂……。」有聲音低低而溫柔地叮嚀。

「糟了，那我剛才吃了一枝雪糕……」

「不要緊，也許那樣效果就會持久些……。」又有聲音在安慰著。

大約十分鐘過去了。大家只是閒聊，不認識的還在彼此自我介紹，或兀自放著音樂。

「我開始了……。」突然有人大叫，是一個女孩。「你們看我的瞳孔！」

大家立刻投以羨慕的眼光。一邊觀察她的瞳孔一邊等待同樣幸福的時刻降臨在自己身上。

來了。他立刻知道。雖然他是第一次吃這藍色小藥丸，又在事先飯後吃了雪糕，但他心裡毫不含糊。

其他所有人幾乎同時都開始了。但也只是各自在房間或坐或臥地聽聽音樂而已。

然後他開始發覺那音樂的在重複又重複之間所暗藏的妙處。他不由自主打起坐來。然後三十分鐘後睜開眼，抓起每位男男女女講話、拍打、運氣、擁抱、玩小孩玩的遊戲。每個人幾乎都在玩小孩子玩的遊戲。

是，又不是小孩。比小孩更純潔。沒有慾望，但快樂是千真萬確的。他仔細尋思這欣悅感的由來。沒有由來。只是存在。但他心中此刻又充滿愛。愛由何來？此刻也真的是大哉問了。

但重要的是，人與人之間沒有藩籬了。他擁抱過了一位又一位，對一位原住民長髮女孩說：「我在妳身上看見好多好多花……」，又牽起另一位男生的手，邀請他一起進入冥想。

有人看見了飛碟、外星人、救世主。但他明白那版本源出何處。不是的。不是的。不是這樣。

他想說什麼，但此刻卻有太多超乎語言的東西不斷在腦中呈現，瞬不暇給，阻滯著舌頭的發聲，多麼有限的語言！卻箝制著人類如此深遠。

他和一個女孩對望良久。不為什麼，只因為他們發現彼此可以用目光說話。完完全全心領神會。

像驟然解除了五根六識桎梏的靈魂，那樣雀躍又頑皮。

「這原是一個能放不能收的時代……。」

有人開始離開這派對，一個人，或成雙成對。

他還在打坐。祈禱。無語言地與人對話。

然後他也回到家裡。天才剛亮。他記得台北市的巷弄裡穿梭著許多垃圾車。方才的派對像比幼稚園更早的記憶。

主人打了電話來：「多喝一點牛奶就沒事了。」但他的冰箱裡已經沒有牛奶了。他躺在床上尋找四處藏匿的飢餓感。

膝蓋在淋浴時痛了起來，原來是打坐時受的傷。他想喝牛奶。又覺得不喝也好。

五根六識又紛紛復原歸位了。他分明覺查。包括他失去了用眼睛說話的能力。愛的泉源在枯竭。人與人之間的高牆又築起。他又回到一個週末假日獨自在房間裡百無聊賴的自己。

他撥了電話給派對主人：「抱歉……。」

但主人連說沒有關係，沒有關係。外星人將要降臨地球把覺醒的人類分批帶走。不是嗎？他怎麼可以馬上就忘了這重要任務。

或許下一次罷。他想。下一次派對主人也許記得會派遣他一些外星人交代下來的任務，他會是個小隊長或翻譯員什麼的……

丟舊物

有一年和某建築師等多人同遊京都，發現那些被保存良好的百年古寺裡，幾乎都空蕩蕩地沒什麼家具，當下心生一問：是廟中本來就如此，還是有別的原因？建築師友人的看法是日本人對佛教的「空」的理解，在建築上被貫徹的結果。

回到台北家中，果然發現身陷物慾洪流，便設法開始有計劃地清理雜物，並煞費苦心地分批送給身邊有需要的人。

才體會到丟舊物是一門學問。

一件衣服，一塊石頭，一件家具，當初如何踏進家門各有因緣，如今心念一轉，件件成了學「捨」的功課。

而時間久了，東西放在身邊很難不變舊。包括感情也是。人也是。

舊物固然可以折扣出清，但有些東西卻因為舊，舊到一個程度而變得珍貴，更加丟不掉。人也這樣。

但身處於一個尚「新」的、鼓勵用過即丟的資本社會，我們不免被教導且習慣且安心於丟。包括人際關係。

人過四十，突然領悟「空」的自由、可貴。

感覺身邊東西儘量愈少愈好。

包括，人也是。

什麼最難？

前一陣子一不小心答應了一所大學的邀約，評審了校內文藝獎的新詩組。評完才發覺事態有些嚴重，學校要搞一個類似奧斯卡的頒獎典禮，連絡的老師在電話裡以極興奮的口吻說：「請您提早半個小時來，和校長，老師及所有的入圍同學們一起練習走星光大道……。」

我暗自叫苦，只為了區區那點評審費（真的比別的學校少），還得忍受現今教育一切「綜藝化」的惡果，決意只提早三分鐘到，避開這惱人的什麼走紅地毯。

結果當場只有我及另外一位校外評審「準時」出現，其他一干人等皆早已垂手默立，在現場一遍遍演練過。

在開場學生仿電視選秀節目的一個又一個演唱歌舞中，我還一直慶幸逃過一劫，沒想到歌舞一結束，我被告知必須上臺代表新詩組評審致詞。

有謂「千穿萬穿，馬屁不穿」，雖然老實說這次作品的水準連差強人意都搆不上，但早已在腹內擬好一篇溢美之辭。致詞中為了讚美此次參賽同學的作品，又臨時起意謅了一段「什麼文學形式最難？」——現代詩的創作需要的除了努力及天分，還需要靈感，當然最難。

在掌聲中順利頒完獎下臺，以為就此沒事，沒想到接下來的頒獎評審（古詩組）立刻在致詞中反駁：當然是絕句律詩最難，新詩可以句子又長又短又不押韻，絕句律詩卻必須把所有的字都塞進一定的字數和平仄和韻腳裡，當然比較難。

雖然腦際立刻浮出一百個反駁的理由，但心思一轉：有人在評審致詞裡起辯論的麼？不過就是一番場面話罷了。

接著又是一段電視選秀的歌舞，之後，散文組的評審上臺致詞，居然又重提什麼文學形式最難這個話題，不必多想，當然是寫作散文最難，他陳述的理由我已經不想聽了，此刻的我只想拎起包包逃開這荒謬的場合。

沒想到更駭人的還在後面，小說組的評審一上臺便強調小說創作的艱難，要什麼人物栩栩如生，情節出奇致勝等等等等——至此我只想在地上隨便挖個洞把自己憋死算了，這是個什麼樣的學校！

然而最精采果然在最後，居然還有一個獎項叫「道德故事」一組——道德故事？光聽頗難領會，是要寫些什麼類似新二十四孝之類的「文學」嗎？

而我就在此不必重述為什麼寫一個「道德故事」是所有文學形式裡最至艱難的一種了。

走出會場，我突然對之前讀過的一句難解的話：「教育是痛苦的。」，有了全新的領會，尤其是當教育那些「教育者」。當然，附帶的收穫也不少，包括不要隨便答應評審什麼校內的文學獎，還有，如果有人要你上臺致詞，最好你是最後一個。

為什麼讀小說？

報社來電要我談談人為什麼要讀小說。

自認是寫小說的門外漢，報社此舉無非是取門外漢的觀點有些小趣味，像採訪鄉下阿嬤對人類登陸月球的意見。

讀小說好像旅行。又像作夢。有一點大腦重整的意味。在時空的某一點進入了，情節人物紛紛上場了，明明不是自己的故事，可是又處處事關緊要。可是又非僅僅偷窺，因為其間有理解和同情，又超然又涉入。就「閱讀經驗」而言，小說滿足了人類渴望擺脫限制進入別種生命情境的慾求，並弔詭地由此觀照自己。相對於「真實」，小說永遠是「扭曲」。但「真實」往往只能經由扭曲呈現。

生活的困頓和沉重，現代人往往是「只緣身在此山中」的，讀小說就像走下自己這座山頭，爬上另座山頭，這其間的文字風景萬千，道途殊異，如果在終點回望，能清晰地看見了自己，便是小說與讀者最愜意的相逢與結局了。

為何對稱？

前一陣子閱讀有關人類兩性行為的書籍，讀到一個很有意思的論點：女人在選擇男人時，所謂「性的吸引力」，赫然有大部分來自於身體的「對稱性」。換言之，身體愈對稱的男性，擁有愈多「生殖優勢」。生物學家對此的解釋是，演化的結果讓女人有種天生的能力去鑑別最適合育種的雄性，而這能力不假任何儀器設備，只要觀察男人是否長得夠「對稱」即可——因為生物體的「對稱」，通常代表著健康。

生物學研究顯示，兩側對稱生物的身體主軸是由Hox基因決定的。

毫無對稱性的海綿動物中只有一個Hox基因，而節足動物有八個Hox基因，在哺乳動物基因組中則有四個Hox基因群，共三十八個Hox基因。雖然Hox基因不是決定身體結構的唯一要素，但是一般相信Hox基因數量的增加導致高等生物身體結構趨向複雜。

同樣神奇的事在托爾斯泰筆下的「安娜卡列尼娜」身上發生了。大安娜二十歲的丈夫卡列寧，高官顯宦，權力和財富不在話下，但如安娜所敘述：「嚴肅，冷淡，目光疲憊，大禮帽下藏著一雙大耳朵。」而安娜在下決心琵琶別抱貴族軍官渥倫斯時，也就赫然發現她丈夫的耳朵，原來長得一邊高，一邊低，極不對稱。

這一雙長得不對稱的大耳朵，竟成了安娜拋夫棄子的最終臨門一腳。

何以結褵多年安娜從未發現她丈夫的耳朵原來是這樣?而又為何在

她激情外遇後那對耳朵才變得令她「極不舒服」？人類追求對稱性的本能至此反而成了心的操弄對像，合理化行為的藉口。

而偉哉托爾斯泰，早在生物學家的觀察發現之前，便已明瞭並寫成了這齣透視人性的偉大作品。

三隻變七隻

近年來經濟變得有多壞？他家那隻雜種母狗前一胎生下的幾隻小狗，送不掉的隨隨便便都可以在市場賣個新臺幣個把萬。

今天他站在建國玉市的洶湧人潮中大半天了，前來逗弄狗的人絡繹不絕，但他手中捧著的三隻小狗，儘管一再降價，卻半隻也沒售出。

他旁邊站著一位同樣賣小狗的小姐。生意一樣差。

眼看天色已晚，玉市花市就要結束。

「你可以幫我看一下狗嗎？我去上一下廁所馬上回來。」那位小姐這樣求他。

誰知一去不歸。

他回家時，手中的狗由三隻變成七隻。

中立的顏色

醫學會的會刊要付印了。主任找我去做一些最後的決定。

「怎麼辦？幫我決定一下封面的顏色吧。」

當然，為避免麻煩，藍綠色系通通先不考慮。黃、橘色系自然也不能用。而紅色呢，自然更得避，免得被指為中共同路人。

「那還有什麼顏色可用呢？」主任苦惱著。

黑，烏漆墨黑的，老一輩的人怕不喜歡。

那麼紫色系呢？以一份醫學同仁刊物而言，似乎又妖嬈了些，不夠莊重。

會刊終於印好了，是一份訃聞式的白。還圈了一絲幾乎看不見的紅線。直像是有誰家在辨喪事。

我手中接過才印好的會刊，心中閃過一絲悲哀。

不老的祕密

「我從未如我所想像的那樣被愛過一次。」他狀極悲慟地說。

一次。一次就好。但為什麼就連天殺的那麼一次都沒有。（但憑什麼當每一個人都一樣的時候，你有權力抱怨？——他在心中又彷彿聽見有人這樣說。）

每天他都在鏡中尋找臉上新的皺紋。有如一種自虐式的遊戲。每抱怨一回，就多一道。

每一次對鏡都是一次人生苦惱無常的見證。

那是「想像」對肉體造成必然的負荷與折損。

「真的每個人都這樣嗎？」他問——他終於明白周圍的人為何看起來比他年輕的祕密。

原來他們都早早放棄了想像。

原來沒有人，真的這世界上沒有一個人有權力抱怨。

計程車裡的洗腦

平日不開車，在大台北搭小黃到處跑，已搭出心得。歸結起來，搭計程車最怕遇見三件事：第一，車內有異味（包括霉、菸、大蒜，以及令人頭痛噁心的人工芳香劑）；第二，司機彷彿有病（如不斷咳嗽怕是肺結核或流感帶原者，在循環空調的密閉空間最易傳染）；第三，則是司機只收聽某特定政治傾向的電臺節目，而且還要找你聊，而且你不搭腔他還不高興。

而很不幸地，有一天我三件事同時都碰到了。

司機戴了兩層口罩仍微咳著對我說：「你是醫生喔？」（原來他偷聽我講手機，而我最恨就是在計程車上提供免費的醫療諮詢。）

我只好點點頭。

「今年的感冒很難好耶……。咳嗽拖了快一個月了都沒好……」（完了，會不會是肺結核？真想叫他趕快去量個體溫。）

我從前方後視鏡看了他一眼：「是麼？我們在醫院工作都有先打流感疫苗，身邊好像都沒有人得感冒……。」

「幹！」

我一時分不清這個聲音是從他的口罩後還是從收音機裡傳出來的。

「那些高官打進口疫苗，我們可憐老百姓打國產的……。」他突然激動起來。

不知為何，這句話我只覺得聽得耳熟，這論調，這口吻，這小標題似的對仗押韻，也毫不懷疑他是從哪裡被「洗腦」的——身為醫生，只能再次感嘆那句老話：無知，才是最大的罪惡。

「我才不去打流感疫苗咧，國產的會打死人喔……。」

我當下真想回他一句：我們醫生護士在醫院打的就是國產的。

但我只沉默著。

我明白我再說什麼，也比不過那些電臺，那些政論節目，那些名嘴。

反正是自作孽，不可活。據聯合國的統計台灣的醫療照護（Medical care）已是全球排名第二了，他還要怎樣？

好不容易捱到要下車，他滔滔不絕的話語正好講到：「我真不喜歡這個國家喔，可是又沒有錢，不知道可以移民到哪裡……。」

我回頭接過找零，又多看了他一眼，心裡和他一樣無比絕望。

你要近視開刀嗎？

他萬萬沒想到一切的手術前檢查，都由特別挑選過的俊男美女來操作。

在豪華有如觀光飯店的房間裡，如廣告語：「享受帝王一般的待遇」，連剛剛搭計程車來的費用，都可以用收據報銷。

然後醫生總共才出現不過三分鐘，瞄了方才的檢查報告一眼，簡單咕噥了一聲：「可以開。」

然後他被另一群俊男美女請入了手術房，抬頭一看牆上的號碼，乖乖，今天已經有四十幾個人排在他前面。

「恭禧您先生，您被抽中可以擲骰子的方式決定手術的價錢。」

擲完骰子，做完手術，他獲贈一神祕小禮物，打開來是剛才開他用的手術刀片：「先生，這證明我們開完每個病人都有換刀片喔！」

妓女排隊選流氓

「你知道現在人民和政府，好像只剩下繳稅的關係，」搭上計程車，司機回過頭來和我攀談。有時我還真怕和司機聊天，怕極力敷衍還是一言不合。

「但也不知道稅交了拿到哪裡去了……。做了什麼我們通通看不到，」司機表情似乎有些痛苦。

我沉默著。不知如何接續他起的話頭。

「人民就好像妓女，要向流氓繳交保護費，」

我想又是一個五月繳稅繳得很不爽的人，對這樣滿腹政治牢騷的司機，還是少開口為妙。

車子停紅燈時，他又從後視鏡看了我一眼：「這場選舉更可笑，有人還很高興自己可以投票，」接著他說了一個驚人的，詩一般的比喻：

「我卻好像看見一群妓女在排隊選流氓……」

隔壁馬桶神

他砰砰然迅捷有力地走近，推開隔壁的門，解褲帶的力道簡單俐落，不到兩秒已安然坐上馬桶。先是一道豐沛水柱傾洩的聲音如鑼響，持續有好長一陣子，音階由高而低，音量由大而小，彷彿他帶著一大桶子尿似的。之後也不囉唆，馬上是一串香蕉落水的巨響，節奏分明，結實有力，清脆有緻，三巡之後，嘎然而止，餘韻無窮。

之後是捲筒衛生紙滾動的聲音，之後是紙與皮膚親密觸滑的低響，佐以他純男性的微微深呼氣聲。

「呼——」

很快又是穿起衣物的窸窣聲。

嘩啦沖水有如開天闢地大洪水。

他爽利地推開門又砰砰砰砰地走了。

道在尿溺。

我蹲在隔壁虔誠朝這馬桶大神頂禮，膜拜。

貓蛇奇緣

第一次她來按門鈴，是多年前的一個近就寢時分的夜晚。

她是我的鄰居，住在我所居住的複合式公寓的另一面，緊臨著一條溪。

她手上拿著一封連署書要我在上頭簽名。

「是關於反對在我們這棟公寓旁築堤及沿河開路的工程……，」她說明：「我們已經和立法委員，市議員都說好了……」。雖然並不理解為何要反對，又她口中的「我們」是誰，但夜深重眠的我很快便簽好我的名字。

之後我向鄰居打探了一下，似乎是市政府整治這條溪每年既定的分期工程，溪水的下游已經逐年一段一段做好了，就只剩下緊臨我們社區的這最後一段。

「市政府的說法是河堤不蓋，我們社區會有淹水的可能，」她說，又：「河堤旁道路可以疏解下游幾處交通的壅塞……」

當時她在我簽名時表示，我們社區從來就不淹水，而河堤道路的興建也絕不能舒解別處的交通，只會把塞車從別處帶過來。

我不解。

但她很堅持，又看見連署書上幾乎這棟大樓的住戶們都簽了。

於是多年以後，公寓及溪流之間始終存在著一塊無可形容的，介於建築物，溪水，社區公園及零星農地之間的畸零地。顯然她的阻擋是成功的。

那塊地神奇地在建築叢生寸土寸金的台北市區內，沿著河岸被鐵網圈起，蔓生著齊人高的雜草。偶爾在我清晨遛狗經過時，會遇見幾隻野貓鑽進鑽出，以及更多牠們的後代。

有人在鐵網的破洞處放置了一隻鐵碗，餵食那一群群瘦弱不堪的幼貓。

而多年下來我的疑問也逐年累積：我們這社區從不淹水？有一年颱風我眼見溪水就險險漫了出來，淹蓋了道路。

而論及交通，台北有哪裡不塞？但溪水下游的那幾個路段的確是出名的塞。

我才彷彿明白她反對興建河堤及河堤道路的可能原因。

她自己住的正是這棟公寓的臨溪那一面。河堤道路開了萬一引來車潮，不但干擾那一面住戶的寧靜，而且怕也直接影響房價。

多年後的一日，她又按了我的門鈴。

這回除了連署書，又多了一張這條溪的詳細地圖。

「又要簽名？」我滿腹狐疑，河堤及河堤道路不是已經不蓋了嗎？

「現在是財團要蓋房子。」她攤開地圖指劃著。

「現在惟一的辦法是利用那兩棵百年老樹，不許財團砍那兩棵樹，房子就沒有辦法蓋……」

原來市政府因為居民透過民意代表施壓，決定不興建河堤及河堤道路後，這些緊臨都市精華區的河濱土地就成了建商覬覦的目標，早已買下了土地，聽說近期內就要施工，蓋高級住宅。

「到那時施工起來不吵死人……」她說，並遞來一枝筆。

我又簽了。彷彿這一切都為了她的住處安寧，房價不跌。

為此，我睡前遛狗時又刻意踅往那塊長滿雜草的河濱廢地，想像一棟十幾層高的豪宅站在那裡的感覺。

在昏暗的小路邊（市政府彷彿完全遺忘了這塊土地似地沒有施設任何街燈），手中的狗鍊突然一緊，原來狗發現了什麼。透過昏暗的天光我定睛一看，是一條蛇，怕不有四呎長，正在黑暗中蜿蜒著閃亮的長身子，爬向那窩野貓出沒的地盤。

我明白了。長久廢棄的河濱地已經建立起了他自己的食物鏈，一窩又一窩小貓的出生吸引了蛇前來覓食。

驚魂甫定的我回到家裡，看見廚房角落裡還擱著一大包未打開的貓食，那是前日決定去餵食那群無人照料的小貓時買的。如今大約也用不著了，那群貓大約有大半已進了蛇的肚子。

貓食袋子上印著一張圓睜著眼的斑紋貓臉，上方一行醒目大字：你的最佳選擇。

「而我選擇了什麼？」我當下如醍醐灌頂。

日後偶爾會在上下班途中遇見那位手持連署書的女人，在家附近如貓一般的出沒。我們很少彼此打招呼，但我偶爾會望向公寓臨河的那一大片雜草地，彷彿看見其間藏匿的貓、蛇、建商、居民，各自為己的盤算，溪水自然的吟唱，以及我的自私和愚蠢。

只是一個屁

記得04年大選後的第一天，我接到一位女姓友人Y的來電，說她見到選後時局如此紛亂，邀我一同前往市區一座密宗佛堂，聽一位聽說是修行極高、甫從國外來的仁波切講經，好靜一靜心。

我依約前往，也見到了在場一大群虔誠修行的善男信女。仁波切一出場，大家紛紛跪拜下去，或獻上供禮，場面十分莊嚴靜穆。聽完講經，仁波切上樓休息，大家有片刻的休息時間，整個佛堂呈現另一種祥和而歡愉的氣氛，Y也介紹了一位她相熟的女子W同我認識，而交談之下，才知道W竟然還是我大學學長的妹妹。

由於是選完第一天，聊天之間自然不可避免地談到政治。當Y滿臉愁苦地說話時，我注意到這位女子W臉上表情其實是欣悅的。

但Y一路說到她對某政黨以撕裂族群來得到選票的不滿時，這名女子立刻露出一種至今仍令我驚訝的凶惡表情。（是的，這裡我必須使用「凶惡」這兩個字，因為至今我仍深深記得她那令人不寒而慄的寒峻神情）。

「你這是在指責××黨嗎？」她立刻口氣肅殺地質問Y，同時雙手也已不自覺插在腰上。

而我在一旁目瞪口呆，心中只有一念：我們不是正身在佛堂嗎？前五分鐘不是才聽得仁波切開示諸法空性、人生無常而要盡一切努力破除無明，了脫生死而脫離輪迴嗎？前一分鐘不是還為了有幸親聆法王開示而深感佛法無邊法喜充滿嗎？

一切只消不到一分鐘，一個人就可以目露凶光。眼前這番光景，只證明了一件事：那就是剛才仁波切所講授的一切一談到政治，就只是一個屁。

我悄悄離開了佛堂，穿好鞋，乘下了電梯。

在回家的途中，心中突然有一種濃得化不開的，但卻說不出所以然來的悲涼感，沉沉地壓在胸口。灰似鉛塊的三月天空，似無若有的寒風從臉上拂過，我不記得當時我頰上是否淌下了眼淚。如果有，我相信，那也是說不出理由的罷。

只是為了想哭而已。

不為什麼，只覺得把政治當作最高價值的台灣，的台灣人，似乎不再那麼可愛了。潛意識裡似乎知道原本某種其極珍貴的東西，從此被撕裂了，毀壞了，丟棄了，永遠再也找不回來。

但又說不出指不出那確切的一點什麼。

從那一天起，我告訴自己，一切，就都當做個屁好了。

屁，從此就是我心目中的最高價值。

一詞，兩曲，三唱——我與「塵緣」的一段塵緣

前陣子羅文的死訊提醒了許多人羅文曾經唱紅了一首歌叫「塵緣」。

可是很少人知道，蘇芮也曾經唱過一首「塵緣」。那是一九八四、八五年左右，歌壇上因為主唱電影《搭錯車》片中插曲而紅透半邊天的黑色旋風蘇芮，出版了兩張空前大賣的專輯「搭錯車」和「驀然回首」。而那時就讀台北醫學院五年級的才二十出頭的我，因為年年得文學獎的關係，竟然在文壇上也已小有名氣。而也就不知為何我認識了詩人管管

和當時他才華洋溢的小說家太太袁瓊瓊。而又在當時他們新店花園新城的家庭聚會裡，認識了一大票「做電影、做音樂」的，文采風流、蘊藉華美、談吐不俗的作家、編劇、詩人、畫家們。每每一聚便要暢談至深夜，甚至破曉方才罷休，各自在地板沙發上倒頭睡去。至今回想，那些個在花園新城渡過的夜晚，仍是我大學時代最美好的回憶之一。

從不曾寫過歌詞的我，就在這機緣湊巧下，寫下了一些自以為「有押韻的分散的句子」，拿給了導演過目。他看了大約是有些喜歡，於是和當時蘇芮所隸屬的飛碟唱片公司開會，把我也找了去，在當時租在光復南路公寓裡一層小小房間的「飛碟」公司裡，我又遇見了飛碟老闆吳楚楚，製作經理太保（後來張小燕的老公），李世忠，還有實際負責蘇芮第三張專輯製作的音樂人曹俊鴻等人。在導演的構想中，那是一首全長近十五分鐘，一氣呵成，描述人生全貌的作品，當然，也是國語流行歌壇從未有人嘗試過的創舉。

十五分鐘的一首歌，那歌詞該有多長？怎麼寫？沒有人知道。但憑著《搭錯車》的票房和蘇芮的超人氣，每個人都摩拳擦掌，信心滿滿。

歌詞很快地完成了，製作人曹俊鴻也開始著手譜曲。認真執著，又對流行音樂充滿理想的曹俊鴻，是我所見過最「賣力」的作曲者，他每完成一段歌詞的音樂，便要拿來放給大家聽，日子也就這樣一段段地過去了。

就在這支十五分鐘的曲子接近完成時，事情突然發生了變化。導演和飛碟的合作，有了變數。正式決裂後，雙方似乎都沒有回頭的意思，而我則陷入了兩難。歌詞究竟該給哪一方？一面是提出原始構想的導演，一面是已經投入極大心血的曹製作人和飛碟公司。結果雙方在此也不為難我，紛紛和我簽下了使用權。也因此有了國語流行樂壇前所未有的「一詞兩曲雙唱」。飛碟這方面繼續原來的計劃，由蘇芮演唱這首空前長度的歌曲，曲名叫「塵緣」（忘了是誰給取的名字），收錄在蘇芮的第三張同名專輯裡。這期間或許為了造勢，報紙娛樂版經常出現這首歌的八卦消息，像是蘇芮將要邀請費玉清，或正因為「迴」而走紅的歌手李恕權共同演唱這首歌等等，攪得我一頭霧水。

而導演這一面則找來了李壽全製作音樂，和當時新人歌手田希仁為電影配唱，歌詞被拆散成組曲的型式，我還記得整張專輯叫「點燃太陽」，另外又加了我一首很喜歡的歌叫「看不見自己的時候」，由李壽全本人演唱，成了一詞，兩曲，三唱。田希仁的歌聲甜美有勁，和蘇芮的滄桑感很不一樣，導演行事作風強勢，一向自詡擅於挖掘、重用新人，之前有蘇芮、李壽全成功的例子，這回則是我，和田希仁。可惜的是這部電影的票房和評論皆不及上部《搭錯車》，也沒能把田希仁捧上更一層樓，倒是我因而又多了許多機會，創作了許多歌詞。

今天的聽眾大約很少還記得蘇芮唱過的這首「塵緣」，更遑論田希仁的「生命組曲」或「看不見自己的時候」。歌曲的長度令聽眾記不住是問題，更糟的是，市面上已經再也找不到這兩捲帶子。在我的音樂收藏裡，我並不特別經常聽這首歌，但這兩首歌一直在我心中佔著一個特別的位子。不為什麼，也許就「因為是最初的，所以是永遠的。」而我也相信，任何一個寫詞人也無法像我一樣，曾經享有一段歌詞，兩首歌，三個人演唱的幸福和樂趣罷。

圖像人生

記得有一年正值我人生的困頓之巔。我從一位半陌生的朋友那裡，得到一個電話號碼。「你去找她算一算吧！」朋友說：可能對你有幫助！下班後在台北市吳興街近聯合報一帶，密密築起的住宅區裡，毫無困難地找到了她家。

乍看她就是一位家庭主婦，我說明了來意，她要我坐下，隨手抓起一張紙，就這樣看起我的命來了。那樣的一幕，後來在看電影《駭客任務》第一集（*The Matrix*）裡，基努李維前去拜訪一位家庭主婦狀的黑人女「先知」，兩人坐在廚房裡談論「人生的抉擇」時，再度浮現我腦海。

她的解命方式很特別，只解釋她當下眼前所看到的一個畫面——一朵不斷在隨風飄散種籽的花。

而她對畫面詮釋的形諸語言，正確精確與否，就見人見智了。

以畫面來譬喻及指涉生命的某一道課題的例子，無獨有偶，多年以後，我在大學醫學院教書時，一位已經「出櫃」的同事，在他的課堂上講述了他當初決定come out（出櫃）的經過。他說當年身為基督徒的他，曾就出櫃與否向他一位朋友請教，他的朋友雙眼一閉，說他看見了一間房子，堆滿了金磚——但再仔細一看，黃金的磚竟是塑膠材質。

怎麼解釋？不得而知。

生命原就有太多不可言詮的時刻，只好假托圖像，勉強譬喻之。而連圖像譬喻都不能及之處，或許，凡人的我們只能保持沉默了。

語言的流徙

讀完了因《惡童日記》而廣為台灣讀者熟知的克里斯多夫·雅歌塔（Kristóf Ágota）的最新作品《文盲》（*L'Analphabéte*），突然有一種領悟：原來，以自己的母語來聽、說、寫、讀及思考，是一種多麼幸福的事！

《文盲》是一本小書，內容簡短到令人對作者的創作動機起疑的地步。短短十一篇文章，按時序敘述了她人生的十一個階段，從匈牙利（祖國）一個手不釋卷、「嗜讀成疾」的小女孩開始，描述她幸福的童年生活、二次大戰戰火下的貧困、寄宿學校的孤單、入侵的統治者史達林的死亡、學習母語和包括德語和俄語在內的「敵語」的經過、在奧地利的流亡生活，以及帶著襁褓中的女兒以難民身分抵達瑞士洛桑（一個以說法語為主的城市）、到她以廿一歲「高齡」開始學習法語並出版第一本法文小說為止。

誰沒有值得書寫的童年？尤其還是顛沛流離、血淚交織的童年。但對天賦對語言文字極度敏感的雅歌塔而言，匈牙利祖國的悲慘命運（在她的童年、青少年時期，分別遭德、俄入侵統治）的具體呈現，就在語言的轉換。而這轉換的過程，具體而微地告訴了她，什麼是國破家亡的痛苦。

她從一個嗜讀擅寫又會說故事（匈牙利語）的小女孩，「壓根兒從沒想到要用另一種語言交談」，卻在九歲時遷移到一個必須使用德語的、靠近奧地利的城市。而德語，對她而言，是侵掠者使用的語言。短短一年，這「侵掠者的語言」，成了俄語。

而匈牙利人對學習俄語（及其他學校裡所教授的有關俄國的一切）的敷衍與抵制，卻也間接造成一整個世代惰於學習、渙散無知的青年。年輕的雅歌塔正是其中的一個。三十年後的反省，雅歌塔的真正悲哀是：她活在一個法語的世界超過卅年，她曾下決心以「法文文盲」的身分，征服這個語言（為此她還成了字典狂，和她女兒競學法語），甚至到了成為受歡迎的、得過獎的（一九九二年法國圖書文學獎頒給了惡童三部曲的第三部《第三證據》）、作品曾改編上銀幕（中文譯名：焚燒的薔薇）的「法文作家」，她仍然覺得自己對法文「一知半解」，而且，令她痛心的，「法文正在逐步扼殺她的母語」。

不能以母語暢快寫作是必然的痛苦？我們似乎在其他流亡作家如康

拉德（波蘭人以英語寫作）等人身上看不到太多類似的痛楚，更遑論那些同時能以多國語言文字創作的作家們了。因此書中對語言轉換艱辛的描述，無寧是作者對其流離苦難的前半生和匈牙利故土鄉愁的一種象徵性的「心理癥候」，多過於現實裡對法文的拒斥。也許一個好的作家，靈魂必須總得根植於某處罷？像某些作家之於城市（喬哀斯之於都柏林，張愛玲之於上海），像雅歌塔之於匈牙利，索忍尼辛之於蘇聯。而張愛玲更藉用了毛姆的比喻：一個作家寫什麼看似可以自己決定，其實不能。好比一棵樹，要改換生長的位置，除非結了種籽藉風飄過去。

而《文盲》這本小書，說的正是這種籽隨風飄走、落地生長而又卓然蔚為大樹的一段既辛酸，又神奇的旅程。

肉體的召喚

第一次知道「柏拉圖式的愛情」這名詞便十分困惑，因為很懷疑世上有「純精神」的戀愛這回事，像《神曲》裡的主人翁對貝雅德莉采那樣。而柏拉圖眾所皆知是愛同性的，但現今的同志卻又予人肉慾橫流的印象。

〈色，戒〉雖說有個上海間諜故事做掩護，明眼人還是看得出裡頭有張愛玲和胡蘭成之間戀情的心理轉折，如實的「內心風景」。電影一出，像床幃突然被李安掀開一般，驚訝其中「性」角色如此吃重的女性大有人在。

性高潮著實難以「理」解。柏拉圖在《斐列布茲篇》裡描述：「性高潮讓整個身體攣縮起來，渾身亂顫，以致面色陡變，發出各種喘息聲，亂喊亂叫，陷入一種極端迷狂之中……」而德謨克里特則總結一小句：「性交是一種小癲癇。」希臘神話中有一段故事關於宙斯與其妻子赫拉爭執性高潮中，男人和女人哪一方快感更強烈。起因是雙方都認為在夫妻房事中，是對方從中獲得了更大的樂趣。而做過一陣子女人、後來又做了男人的提瑞西斯的回答是：女人得到的快樂，差不多是男人的九到十倍。而這個答案後來赫然曲折地引發了有名的木馬屠城戰爭。

《小團圓》也赫然彌補了〈色，戒〉對男女主角閨幃之事的鋪陳不足。張胡交往之初，張不諱言時時露出興意闌珊之態，但她第一次脫下眼鏡讓他吻她時，「感覺到他袖子裡的手臂很粗」。再過不久，有一次她坐他身上說話，「忽然有什麼東西在座下鞭打她」，感覺是「獅子老虎撣蒼蠅的尾巴，包著絨布的警棍」，當時她還天真的想：這在看過的兩本淫書上沒有。

而張真正對胡態度轉變，卻是有一晚胡在離開張公寓時毆打了樓下門警。開電梯的這樣形容胡：「那位先生個子不大，力氣倒大……」，而張「也不知怎麼」，自覺對胡從此不同了，因為「這才沒有假想的成分」——她立刻決定不再瞞著炎櫻（張的閨中密友兼同志情人），而直接告訴她：「我愛上了胡先生，他要想法子離婚……」

是的，肉體結結實實的展示，可以讓大腦五官在如流似風的遊絲雜緒裡很快找到確切的結論，倒底是愛，或者是不愛。

而之後張的筆鋒一收，只知道炎櫻明白表示反對婚前性行為，因為聽說有的男人「在見過女友之後得再去找妓女」，而女人呢？怕有過之後會再想，倒不如不要有。

而張愛玲之後和胡倒底有沒有，凡是看過〈色，戒〉的人，大概心裡早已都有了答案。

輯六 花蓮

日後長大離開花蓮的我，
竟也只能從《海上花》裡，
隱約揣摩當時南京街酒家的繁華榮景。
上小學之後，飯店酒吧接連歇業，
酒家也紛紛改為專營婚宴喜慶的場所，
茶室則撤退向南京街尾的巷弄深處，
取而代之的是服飾店、餐館、計程車行。
就在我考上大學北上那一年，
我確信碩果僅存的一家「×南茶室」，
也壽終正寢在距離我家兩個街口之遙的巷子底。
一條街的興衰，構成了我童年的全部記憶，
而我純淨無染的青少年，
也似乎隨著最後一家茶室的消失，
正式走入了歷史。

遠離海岸教室——追想白陽老師

電話中由冠宏學弟口中得知，白陽老師於去年去世的消息，突然之間，覺得自己必須寫下一些什麼。

白陽老師是我在花蓮高中時（民國六十五年至六十八年）的英文老師。才入花中就聽得他的大名，和他的太太——同在花中教國文的楊燕燕老師——都是大名鼎鼎，受學生景仰又歡迎的好老師。我也一直衷心期盼能有幸得到他的教誨。花中三年，只有高二那年有幸上了他一年的英文課。

初見白陽老師只覺得一身濃重的書卷氣，終年一身白衣黑褲，冬天加上一件灰色夾克，幾乎沒見他換過新衣。瘦長的臉孔架著一副黑框近視眼鏡，身材十分削瘦，上課時說話速度極快，嗓門極大，連坐最後一排的同學也能聽得一清二楚。同時一邊講解課文一面提問，要求被點名的同學立即回答，以加深印象。他對自已上課速度如此之快的解釋是：他希望給同學多上一些材料。在當時既沒有補習班、又缺乏參考書的花蓮，足見他的用心良苦。

同時上課他也不斷點醒同學，一生當中可以如此專心坐下學英文的機會，將不會再有，要大家好好珍惜。日後回想，高中之後再接觸英文，大學醫學院英文課的敷衍草率，托福考前的補習班之應考技巧導向，對我的英文毫無實質助益。果然我這一生的英文「程度」，基礎全在高中時期打下，此外再無任何長進。

一年的白陽老師的課，使我體會英文原是結構嚴謹、邏輯分明的一種語言，和中文的動輒詩意揮灑、跳躍省略、掐頭去尾、意在言外，有極其根本的文化上和思考方式上的不同。而他們夫妻倆一中一英，對於當年一個求知若渴的青少年如我，真的是每一節課都深覺收穫滿滿，如沐春風。

而我上白陽老師的課就僅止高二一年。聽說他堅拒當高三班的導師是因為健康的理由。後來我道聽塗說得到的資訊是，白陽老師有一年帶升學班的班導師，因為太過盡責，求好心切，日夜劬勞的後果，竟然因胃潰瘍出血而病倒住院，儘管那年他那班的升學率創了花蓮中學歷年來的新高，但從此白陽老師也因為身體元氣大傷而婉拒再教升學（高三）班。

之後北上就讀醫學院，離開了花蓮高中那全台灣獨一無二的海岸教室，那單純、封閉、狹小而整潔的精神世界，而走進了一個十八歲花蓮鄉下孩子再也料想不到的花花世界與人生路途。漸漸地連花蓮也少回了。而我由醫學生、實習醫生、住院醫生至主治醫師，少年而中年，突然就看見了許多人走在我前方，早一步離開了人世。醫生這職業可以使人看慣生死，但並不能看淡。白陽老師的死，似乎在標示著那一個屬於我的高中歲月（及其所象徵代表的一切）的正式結束。那樣的一個要勤懇向學、科學救國、禮義廉恥、統一中國的年代。

然後我在離開了花蓮高中的二十五年後，聽到了白陽老師的死訊。雖然我極度不願意承認，我必須說：二十五年來，我始終是背負著花蓮中學給我的一切行走的。包括他的足與不足，美好與非美好。

而白陽老師，就是我對花蓮高中和自己的青年時代的記憶，那可歸諸美好的一部分。

道歉——懷念黃宣勳老師

許多事往往經歷了許多年，在臨遺忘之際，又因緣際會地記起，或被提醒，依然鮮活歷歷，彷彿鬼魅隨形一般。

年近半百，明白有些事還真的適合就丟入記憶的刪除區，否則日後人生行路，層層艱險阻撓，重重鬱悶愁煩，怕載不動這許多累贅。

但如果萬一丟不掉刪不去呢？

似乎這些魅影記憶，總帶有些「未完成」的特質，召喚著多年以後的自己再去正視，咀嚼，完成他，方才能真的放下。

那時我才國中二年級，算來竟是卅年前的事了。

那時我就讀花蓮花崗國中，奉行的是能力分班，開學前先智力測驗，按智商分班。我有幸待在好班裡的「最好班」，永遠前三名的成績，多項才藝比賽的常勝軍，更誇張的有一回班導師要我們票選班上「我最要好的朋友」，一一唱名開票後，我赫然得了十八票——連這也得第一。

看到這樣的開票結果，還青少年的我，一點也不雀躍，只有憂心——我想我因此得罪了其他至少十七位同學。

這是能力分班的金字塔頂端的氛圍。你能真正信任倚靠的，幾乎就只有成績單上的分數。因此你要竭盡所能地得到他，愈多愈好。

而那時能教所謂「最好班」的老師自然都極其認真的，從成績到品性都盯得很緊，那時普遍相信：「學生的優秀是優秀的老師教出來的。」——然而這「優秀」，其實包含了近乎執拗的不斷考試和體罰。

但所有「優秀」的老師當中我特別記得一位「特別」的美術老師——黃宣勳老師。他外表清瘦斯文，背微駝，膚色淡黃，一臉書卷氣，少年白的一頭灰髮整齊地向後梳，說起話來不疾不徐，合情入理，似乎更像是一位國文老師；同時看人時目光靜定，表情祥和，彷彿可以看進人心裡去，對我們這群毛躁的少年，自有一股不怒而威的震懾力。

從小我就對畫畫有興趣，也一直利用假日上美術班，但在黃老師的課裡我才真的算對畫畫開竅。他可以在短短兩節課讓我們理解至印象派為止的西洋美術史，運用對開大小撲克牌般厚厚一疊色卡，讓學生領會何為「審美」。課堂上他當場示範高超的素描、水彩技巧，更令同學們目瞪口呆。

由於他的啟發我愛上了美術，一連兩個學期在社團裡追隨他，學習畫水彩靜物。也因此瞭解他學問極豐，文史哲涉獵廣，因為個人健康的因素只教美術課，也推辭校長要他帶「最好班」的美意，否則他原本，應該會是我們這班的班導師。

有一天上課時我突然感覺他的目光望向我，說了一些當時的我所不能理解的話。現在所能記得的，似乎指班上有某成績好的同學，說了一些有辱老師的話，譬如看不起一位只會教美術的老師。

還單純年少的我並不理解他話裡的含意和用心，只記得他望著我的目光有些嚴穆森寒。

可怪的是當時我所參加的學校詩歌朗誦隊，帶隊的葉日松老師也對我說了類似的話。

而一切只能歸因於年紀太小和心志的單純，不懂得在「最好班」裡，有一種普遍的心態叫做「嫉妒」。捏造子虛烏有的事實，似乎不必教導人性裡本來就會。

多年後回想起此事，我才隱約感受這其中，長久以來在我背後暗暗流動的人言。「人言可畏」，對十三、四歲的小孩而言，還太難領會。

但記憶裡似乎「很快地」我就畢業了，彷彿等不及要擺脫「最好班」的陰影，心理時間特別短。國三暑假許多成績好的同學紛紛北上讀建中附中，而我以花東考區狀元留在花蓮高中，過了三年歲月靜好的日子。

不知如何再聯絡上的，就在我北上就讀醫學院的第二年，接到黃老師的訊息說他要上台北來看我。當下我有些吃驚，摸不著頭腦，心想：畢竟他只是我國中時的美術老師，自從上了花中也不曾再聯絡。

整整四、五年不見，黃老師頭上更添白髮了。他搭公車來我賃居的宿舍，位於吳興街二八四巷底一間窄隘的房間，窗戶打開，正對著的便是滿山遍野的六張犁公墓。

他滿臉的笑，眼角的魚尾紋更深了，也看得見金屬鑲過的門牙。寒暄過後，他又詢問了我醫學院的生活，也提起幾年後他將退休，還有這次他北上的公務，順帶就來探望我云云。不知為何我一直低著頭，不敢直視他的目光。有那麼一剎那，我似乎明白了他來看我的目的。兩人相對，話不多，但了然於心。

「還有在畫畫嗎？」他笑著問。

我惶恐地點點頭，一時間也不知該再多說些什麼。

黃老師大約在近黃昏吃晚飯前離開。我不記得兩人一同走出長長的二八四巷後，他坐公車抑或計程車離去。

這是我和黃老師的最後一面。

當天許多細節多年來被我送入潛意識的黑洞，永遠不見天日——也應是刻意的罷，我不知為何不想記得太多——或者，潛意識裡想把這件事就此了結，船過無痕。

但我心底終究明白他前來的目的。

這麼多年了……。我有時不禁吶喊：他究竟有多在意在我國中二年級時，曾在課堂上對我說過的話？

直到卅年後的今日，我才從網路上得知他已在二〇〇七年過世的消息。悵然之餘也很開心知道他自花崗國中退休後，便從事他最喜愛的兒童美術教育工作，為國立編譯館、國語日報社及幾家兒童讀物出版社，又寫又編又譯了許多書，似乎比在花崗國中執教時期更加活躍了。

而他永遠不會知道的，是他的那次短暫的造訪，對一個惶惑於醫學與生命的醫學生的未來，是多麼重要的一課，身教的可貴，莫過於此。

黃老師，謝謝您教我的，認真地生活，一切但求無愧於心。

南京街最後的茶室

民國五十年當我誕生於花蓮市區一條大水溝上的木頭平房裡時，我並不知道這裡是「風化區」，就在我出生前不久，美國大兵們曾經造訪過緊鄰我家的這條市街。

這條由東海岸山脈流向太平洋的溝渠，切穿花蓮市區入海，造就了兩岸繁華一時的兩條市街：明義街與自由街。愈靠海，愈是聚集許多吃食小店，店家沿河而居，架起吊腳樓，櫛比鱗次，近出海口一帶，就是所謂的風化區了。花蓮人總是面帶詭譎笑容地管它叫：溝仔尾。

而我童年時的家，就座落在「溝仔尾」的這條水溝和一條通衢——南京街的交叉口上。父親在南京街上開設了一家小診所，媽媽則在家裡做裁縫補貼家計。童年的記憶裡，窄窄的南京街自這條水溝起，開滿了茶室酒家，以及兼營色情的旅館飯店。記憶當中有如「明月茶室」、「海倫茶室」，「X成大飯店」等等，連白晝也燈紅酒綠地好不熱鬧。

同時因為開診所看病的關係，父母和其中許多妓女酒客媽媽桑們也都成了好友，而就在南京街橋頭開了當時全花蓮首屈一指的日本料理店——《祇園》——的料理師父陳伯伯，則成了我乾爹。這座橋至今成了花蓮市少數自日據時期保留下來的橋梁。

穿梭在那花花綠綠的市招和妖妖嬈嬈的鶯燕之間，當時的我並不明白，這條風情異樣的小街的興盛，和遠在千百里外的越戰有關。越戰時期的花蓮港，曾是美軍休假的港埠之一。然而我童年時期的南京街酒家，早已見不到什麼美國大兵了，反而做的多是日本人生意；倒是街坊鄰居曾出現過幾個神祕的黑小孩，有玩伴曾好奇地上前試探招呼：「Hallow, OK, Thank you very much!」往往便招來一頓字正腔圓的台語回罵：「幹你老母駛你老母老雞巴。」

但那些「能說流暢台語」的黑小孩，也並未在記憶中停留太久，不知如何便消失不見，聽說是美國大兵（黑小孩的父親們）把他們一一接回美國去了。隨著我長大，南京街「色情業」迅速凋零，酒家茶室愈開愈少。

曾經以這條街為背景寫過小說《玫瑰玫瑰我愛你》的王禎和，在回憶張愛玲遊花蓮的文字裡，約略提及了民國五十年代叢聚於南京街一帶酒家的盛況。張愛玲在《重訪邊城》裡看「大觀園」酒家裡酒女酒客調情，那獨到的眼光一如她詳解《海上花》。文中提到的溝仔尾妓女戶，獨門獨戶的三層樓，門口掛著「甲種妓女戶」的門牌，我上國中時騎腳踏車經過曾見過，納罕得不得了，而張文中的「花蓮風化區的廟」，想必就是如今赫赫有名的「廟口紅茶」旁的城隍廟了——記憶中的確是她筆下的「白磁磚」牆，緊湊曲折的「別院」，「暗紅漆筊杯像一副豬腰子」。可惜今年回花蓮刻意去抄柱上對聯時，發現已大幅改建，張筆下的「家庭風味」已蕩然無存。

而日後長大離開花蓮的我，竟也只能從《海上花》小說裡，隱約揣摩當時南京街酒家的繁華榮景。上小學之後，飯店酒吧接連歇業，酒家也紛紛改為專營婚宴喜慶的餐廳，茶室則撤退向南京街尾的巷弄深處，取而代之的是服飾店、餐館、計程車行。就在我考上大學北上那一年，我確信碩果僅存的一家「×南茶室」，也壽終正寢在距離我家兩個街口之遙的巷子底。

一條街的興衰，構成了我童年的全部記憶，而我純淨無染的青少年，也似乎隨著最後一家茶室的消失，正式走入了歷史。

花蓮海嘯記

下午兩點過一些，電話響了。只聽見媽在電話上說著什麼好像跟地震有關的事。

「不會啦……，花蓮應該不會啦……。」媽說。

電視還開著，我忙電腦的事，沒仔細聽出什麼。

爸走來問我是否要一起去社區活動中心游泳。那是他每天的習慣，雖然我是旱鴨子，但心想難得回花蓮一趟，就陪爸去一趟好了。

臨出門又瞄了一下電視，看見了「5:32」這個數字。

媽一面幫我整理泳具一面說：「民國四十九年花蓮大地震時，就謠傳過會有海嘯，那時你還沒出生，花蓮市房子幾乎全倒，地震一過大家都拚命往山上躲，好幾天才敢下來……。」一副波瀾不驚的口吻。

但我很確定電視畫面上5:32的意思，是今天下午5點32分，海嘯會襲擊花蓮海岸。

但爸已經好整以暇拎著泳具在等我了。

只好硬著頭皮一起去游泳，一路上腦袋浮起的畫面是剛才看過的克林．伊斯威特的新片《生死接觸》（*Hereafter*），那片頭怵目驚心的海嘯場面——心想那可真是「看到就已跑不掉」的可怕天災呵。

在泳池魂不守舍地來回游了幾圈，終究上來躲進空曠的蒸氣室，誰知不一會兒便擠滿了人，都七嘴八舌在談論海嘯的事。

「已經宣佈下午停止上班上課了。」有人說。

「縣長已經廣播要住低窪地區的人撤離了，就是北濱那一帶……。」有人補充說。

「海嘯可不是開玩笑的，那浪頭打過來，你看到要跑就已經太慢了，聽說在日本當地浪有十公尺高……。」有人頗激動地說。

「你看花蓮的防波堤不知擋不擋得住……？」有人問。

「以前花蓮的海邊過了堤防至少還要走兩百公尺才會看到海，現下剩下不到廿公尺，聽說海岸被浪侵蝕，海灘底下都空掉了……」（不知為什麼一直聽到花蓮海岸底下是空的的謠言）

「哪裡是這樣，根本就是石頭被撿光了，有沒有，以前到處都有人在撿鵝卵石賣去日本，一斤兩毛錢……。」有人後悔不迭。

這時門外詭異地響起了隆隆的廣播聲。走出來一看，管理員站在門口正拿著麥克風說些什麼，但只聽得巨大的回音在體育館裡迴盪，卻一點兒也聽不出他到底在說什麼。

但神奇的是所有的人立刻都出現了，從池裡、蒸汽室裡、SPA裡，紛紛衝向浴室沖澡換衣服。

我低頭一看表，乖乖，正好是5點。

問入口處收票的女孩什麼事，她說沒什麼，不過是因為海嘯體育館提前關門下班。

但一路回家的路上，只見每個行人神情神祕地都在低頭講手機。

而爸又是一副沒事的模樣，每當我催促他快一點，他便說：要真的海嘯來那也沒辦法啊！

真後悔沒帶他去看那部電影。

回到家抓了相機直奔三樓屋頂，但因距離南濱海邊還有一大段距離，除了別家屋頂什麼也看不到。打電話給朋友，問他們要不要一起去海邊「看海嘯」，每個人都一副「你瘋了」的口吻：你最好還是不要罷。

當然，只不過是試探一下他們的反應罷了。以前還常有人颱風天邀我去看海邊看海浪呢——看來，事態有些嚴重，因為大家都沒遇到過。

我憂心忡忡地關上手機下樓來，見媽一如往常在廚房裡忙，並對我亢奮的神情冷眼以對。

「想不到從我們家屋頂看不到海……」我收了相機說。

「哪裡看得到……，隔太遠了啦，」媽只埋頭顧煮晚餐。看我一副不願死心的樣子，又補上一句：「放心好了，花蓮不會有海嘯的啦！」

此時只聽見院子大鐵門被「噹」一聲關上，是爸帶著狗上街去遛了。

我看見牆上掛鐘，此時正是下午5點32分。

太平洋濱的刺蝟

記不得第幾次參加在花蓮市松園舉行的詩歌節了。

十月依然燠熱的室內，不知哪裡冒出來的那麼多聽眾——他們平常都在哪裡？讀詩嗎？為什麼台灣詩集一般難賣一刷？

也許都並不衝著我來的罷。只能這樣解釋。

從位於南京街的家走到松園不需廿分鐘，途經那已經拆空了的「溝仔尾」（舊夜市及風化區），「市中心」精華路段的中正、中山和中華路，過美崙溪走上美崙坡便是了——這一路由「非詩」步行進入

「詩」，過程依然使我困惑。

相較於「非詩」的版圖，松園那小小幾間房間，像大海中央的孤島。

島上一群「詩人」奮力向四方虛空吶喊，連回聲都聽不到。

「你是回來松園開會嗎？」媽在我出門前這樣問，似乎瞭解我正要去參加一場醫學會議。

遠遠地松園那獨棟老舊的兩層建築傳出了麥克風擴大的人聲和音樂，海風徐來，松林亭亭，卅年前在林中戶外寫生課的景象依舊歷歷在目，只是少了一些原始和神祕。

總是有人捧著書來要簽名，一本接一本——不禁起疑：我的詩集有這麼好賣？還是轉手這些經作者簽字的書可以上網拍得好價錢？

一位婦人也湊過來要簽名，一面解釋（大概見我一臉困惑於她似乎不是平常會讀詩的那種人）：「我女兒讀慈濟，老師帶她們全班來，我也陪著來。」

「謝謝你來……。」我堆起職業性的笑容（一面懷疑詩人如何能是一種「職業」），一面說：「大姊……。」

她一聽，立刻臉色一變，氣沖雲霄：「什麼大姊，我還比你小兩歲！」

當我上臺讀著歌誦愛與青春的詩時，臺下有著這樣介意我比她大兩歲還膽敢尊稱她「大姊」的「讀者」，心中又是尷尬，又有說不出的難過。

很難解釋這難過從何而來，只直覺詩人與詩與讀者中間的那條看不見的連繫的線，不應該是落在這樣一個喧鬧，擁擠而揉離的場合。

千年之外的屈原、李白，千里之遙的波特萊爾、莎翁，之於我們，都絲毫不曾影響這條線的堅實緊密。

而在這濕熱擁擠的會場，我卻覺得我和詩，和詩另一頭的讀者，相隔無比遙遠。

詩唸完了，臺下響起掌聲，為什麼，我覺得我唸的這首詩一點也不好，我唸得也不好，為什麼就沒有人坦率誠實地說：我不喜歡這首詩，你唸得不好。

聽見這樣的掌聲，我眼角微濡，心中泣血。

詩人需要的敬意不是這樣的。我在吶喊。

如果你在讀著我的詩的時候曾經心頭不由自主地一緊一震，曾經眉頭微蹙或嘴角飄過一絲心領神會的微笑或用眼尾餘光瞥見了我們共同窺見了的那光年之外一顆神祕的星光，既使今生只是陌路，我都能在車馬喧囂中聽見千里之遙千年之外你如潮汐般的呼吸。

那樣地貼近。

如果不曾，請你隨手放下我的詩，繼續你的人生行路，其他的閱讀。

而在松園，一切是那麼的疏離而遙遠。

詩在拍手，致敬，高歌，「面對面」之間，遺落了更多詩的初衷與本懷。

柏拉圖從他的理想國裡趕走了詩人，正為的就是詩人「複製了拙劣的想像型式」，而「遠離了真實」。

在詩裡，我要的是靈魂裡深埋的真相，而不是此刻周遭如潮水般湧來廉價的掌聲。

如果你們要聽見我，就請你們讀我的詩，好好地，安靜地，專注地，深情地，老老實實地。

不要想到詩人。

如果你們想要對詩人好，就請只對他的詩好，就夠了。

我闔上手中的手冊，再一次後悔來到這詩歌節。

而過後不久我又要搭著火車北上由「詩」進入「非詩」的國度。

在我工作的醫院裡，有許多人毫不掩飾地鄙視著我白袍之外的繆斯身分。不務正業，誨淫誨盜。由松園返回台北，這一路同樣使我困惑。

昨日為我鼓掌的人知道今日的我的難堪處境嗎？

梁實秋說的，住在隔壁的詩人不過是個笑話。我真的真的真的願意就只是個笑話，因為，居住在白色巨塔裡的詩人都應該是螻蟻屎溺之流罷。

「聽說你在詩歌節第一天的晚餐上都不跟人說話……。」有位年輕詩人在詩歌節後沒兩天這樣跟我八卦：「有人看見你一個人坐一張桌子，都不理人……。」

我驀然想起那個晚上我端著餐盤踏進餐廳的情景。每個人都極力做出良善，隨和且怡然舒泰的模樣，努力社交著。小小的餐室，長長的刺蝟的刺；隱隱的低氣壓。

而我是同志，情色詩人，和我一起用餐恐怕會得愛滋病吧?!

每個人都有禮貌地立刻找到了共桌吃飯的人。

我端著餐盤像個隱形人坐在自己的位子上。

刺蝟們在詩歌節裡暫時收短了身上的刺，相互取暖。但並不包括我在內。

我只好是那隻刺最長的刺蝟，在我的理想國裡，驅逐著自己。

「花蓮大理石」之家

近十年前罷，那時淡水線捷運還只開通到中山站，每週三晚的夜間健保門診，我必須由中山站下，徒步約十五分鐘穿過中山北路近火車站的幾條舊街，到位於公園路青島西路口的門診中心去。

有一回當我走在一排舊屋廊下，突然眼前某個景物一幌，我不知為何被吸引，連忙停下腳步——原來是櫥窗擺著的兩塊架在木座子上的石頭，放置在一堆雜七咕咚的民俗藝品當中，在青白黯淡的日光燈管下，不起眼地立在角落。

一塊是約面孔大的圓形白底灰綠紋風景大理石，波浪狀的石紋被刻意磨修再拋光過，呈現一幅潑墨山水的大略意思；想起在六、七〇年代花蓮大理石加工業最發達的年代，這樣的石頭充斥著幾乎花蓮市的每一家石頭藝品店，後來不知怎的便少見了，原因聽說是花蓮大理石礦脈已枯竭，再加上人工高漲，少有人願意做這賠本生意，且環保意識抬頭，開採更加不易等等諸多原因，使得這樣洋溢著國畫興味的雅石日漸絕跡。

另一塊則是矗立成山形的翠綠半透明台灣玉。老實不客氣說，在我唸小學的六〇年代花蓮，那可是路邊海灘河床上隨處可撿拾到的石種。但在短短幾年間，當我考入花蓮高中，竟已都配上木托子在販售了。只是這樣唾手可得的品種，近年來也在市面上少見，除非在花蓮友人的家裡還可以看見——這也許是中國人文化的通病之一，任何公開展覽的內容，永遠比不上私人蒐藏來得精彩。

然而這兩塊石頭就在這樣無精打采彷彿被棄置在採光不足的櫥窗一側，險些要被其他雜項淹沒。

這是家什麼店呢？為何沒頭沒腦地蹦出兩顆道地的花蓮石種來？

我立刻想入店一探究竟——畢竟在大台北看見如此貨真價實的花蓮石頭，並不容易。

「請問還有其他的石頭嗎？」我問面色極蒼白，神態淡漠的一位年紀約莫三十好幾的女店員，她遠遠在櫃檯後放下手中的書——我瞄了一下，是屠格涅夫的《獵人日記》——指了指店後方架上：「那裡還有幾塊……」隨及臉又鑽回書裡去了，一副並不指望石頭能賣出的模樣。

我奔過去，果然有更多風景大理石與台灣玉，但都刻著熟悉的「萬壽無疆」，「壽比南山」等的隸書體字，讓我心頭頓時一慘——想起童年時送禮祝壽以石頭相贈在花蓮曾風行一時，才留下今日看起來有如煮鶴焚琴般的時代遺跡——如今還有誰會在渾然天成的美石上頭（而且是正中央），刻上俗不可耐的壽比南山呢？

我裝作隨口問：「這些，都是來自花蓮的石頭吧？」

她些微不耐煩地說：「我們這家店從前就叫做『花蓮大理石』，只是現在招牌拆掉了……」

是喔？我居住台北卅個年頭，火車站都不知往返過多少回，從來不曾注意這家店，反而卸下招牌，我卻走了進來。

如今店中擺滿了一切我難以形容歸類的物品，樣式陳舊且加蕾絲邊的絲質睡衣，似乎專供祖母級的人物穿著；手織的白色毛線大網花桌巾，有些已經泛黃，是怎麼洗也洗不掉的那種黃；一疊疊彷彿自大陸內陸進口的刺繡，上頭灰塵嗆人；還有廉價的小幅國畫花鳥捲軸，印有八仙圖案的圓形竹編茶盤，叫不出名堂的各類石質項鍊首飾，皆在慘白的日光燈下透露出歷史滄桑，特顯老氣，我心想這時如果桌上再擺上兩隻搪瓷熱水瓶，加上印著「反共抗俄」字樣的玻璃杯，裡頭黃澄澄冒氣的茶葉水，便活脫是六〇年代典型一般外省家庭客廳的佈置……。

架子盡頭零星幾隻灰黑色大理石茶壺及高腳杯，該是來自小學六年級（1972）時的花蓮，那滿街的大理石手工藝製品，某同班同學曾偷來了家中自製的一隻杯子，薄至可以透光，送我作畢業紀念禮物……

此時我眼一尖發現還有一隻木質的鍛面珠寶盒，布滿蚊蟲居住過的痕跡，店員應我要求取出，一旁有個轉扭，該是兼具音樂盒功能罷，她試著轉幾下，等了一會兒卻毫無動靜，我遲疑著問：「咦，怎麼沒有音樂？」她居然低頭不好意思地說：「電池該早就沒電了……要嘛就是音樂壞了……」

我怔了一下，心想：如果是上發條的音樂珠寶盒，何需電池？

雖然我回頭繼續假裝欣賞架上的貨品，一面心中卻納罕：這是一家什麼樣的店呵？

當我付了錢抱著手中兩塊沉甸甸的石頭離開，迎面而來的是忠孝東路上滾滾的車塵，在交通號誌轉換的一瞬萬馬奔騰起來，每一個人那麼急切地想往前衝，那表情認真嚴穆得好像在戰場上衝鋒陷陣，彷彿人人迫不及待要拋下過去，衝向美好的未來，無以倫比誘人的未來，還有未來的未來——而我走過一家曾經叫做「花蓮大理石」的店，方才明白了什麼是歲月，而曾經自許絕不往回看的自己，曾盡一切努力遠離花蓮的自己，在兩顆石頭面前，終於感受到了時間與記憶的無比威力……

品味隨筆
taste — 07

老靈魂筆記

作　　者／陳克華
發 行 人／張寶琴
總 編 輯／李進文
責任編輯／黃榮慶
資深美編／戴榮芝
校　　對／陳克華　黃芷琳
業務部總經理／李文吉
行銷企劃／許家瑋
發行助理／簡聖峰
財 務 部／趙玉瑩　韋秀英
人事行政組／李懷瑩
版權管理／黃榮慶
法律顧問／理律法律事務所
陳長文律師、蔣大中律師
出 版 者／聯合文學出版社股份有限公司
地　　址／110臺北市基隆路一段178號10樓
電　　話／(02)27666759
傳　　真／(02)27567914
郵撥帳號／17623526 聯合文學出版社股份有限公司
登 記 證／行政院新聞局局版臺業字第6109號
網　　址／http://unitas.udngroup.com.tw
E-mail:unitas@udngroup.com.tw
印 刷 廠／鴻霖印刷傳媒股份有限公司
總 經 銷／聯合發行股份有限公司
地　　址／231新北市新店區寶橋路235巷6弄6號2樓
電　　話／(02)29178022

出版日期／2012年3月　初版
2017年8月21日 初版三刷第一次
定　　價／280元

ISBN 978-957-522-979-5（平裝）

國家圖書館出版品預行編目資料

老靈魂筆記 / 陳克華作. -- 初版.
-- 臺北市 : 聯合文學, 2012.03
264面 ; 12.8×19公分. -- (品味隨筆 ; 7)

ISBN 978-957-522-979-5(平裝)

855　　　　101002018